空色林澡屋

Kongselin zaowu

迟子建 ◎ 著

长江出版传媒 长江文艺出版社

图书在版编目（ＣＩＰ）数据

空色林澡屋 / 迟子建著. -- 武汉：长江文艺出版社，2017.5
　ISBN 978-7-5354-9531-0

Ⅰ. ①空… Ⅱ. ①迟… Ⅲ. ①中篇小说－小说集－中国－当代 Ⅳ. ①I247.5

中国版本图书馆 CIP 数据核字(2017)第 051886 号

责任编辑：黄海阔　曹　程		责任校对：陈　琪	
封面设计：周　佳		责任印制：邱　莉　刘　星	

出版：长江出版传媒　长江文艺出版社

地址：武汉市雄楚大街 268 号　　　邮编：430070
发行：长江文艺出版社
电话：027—87679360
http://www.cjlap.com
印刷：湖北新华印务有限公司

开本：640 毫米×970 毫米　　1/16　　印张：11.75　　插页：6 页
版次：2017 年 5 月第 1 版　　　　　2017 年 5 月第 1 次印刷
字数：82 千字

定价：32.80 元

版权所有，盗版必究（举报电话：027—87679308　87679310）
（图书出现印装问题，本社负责调换）

迟子建，1964年出生于漠河。1987年入北京师范大学与鲁迅文学院联办的研究生班学习，毕业后到黑龙江省作家协会工作至今。主要作品有：长篇小说《伪满洲国》《越过云层的晴朗》《额尔古纳河右岸》《群山之巅》等，小说集《北极村童话》《白雪的墓园》《逝川》《雾月牛栏》《世界上所有的夜晚》等，散文随笔集《伤怀之美》《我的世界下雪了》等。作品有英、法、日、意、韩、荷兰文等海外译本，并多次获奖，其中《额尔古纳河右岸》获第七届茅盾文学奖。

静止航行的船

  与洗澡内容相关的小说,我写了三篇。1998年发表在《青年文学》的短篇《清水洗尘》,2010年刊发于《北京文学》的中篇《泥霞池》,以及2016年的这篇《空色林澡屋》。

  从《清水洗尘》到《空色林澡屋》,隔着十八年斑驳的光阴。虽然两部作品都写到了澡盆,但当年少年争取的那盆寂静的清水,已然"惹了尘埃",被一个老妇人沧桑的手指搅起了波澜。

  澡盆在我眼里是与我们相伴终生的船,一条静止航行的船。不管我们在尘世受了多少磨难和委屈,进入它的怀抱,就像置身母亲的子宫,可以回到人类的童年。在《空色林澡屋》中,暮年的皂娘,守着一条不能入水的船形澡盆，用生命之泉，洗涤风尘，渡着漂泊的自己，也渡着漂泊的旅人。

我们看不见澡盆的航迹，但当我们赤身而入，水波荡漾的一刻，它就在我们身下，曼妙地起航了。这条没有终点的船，不惧惊涛，不怕旱地，飞雪也阻挡不了它的步伐。它随时出发，随时靠岸。随时褪去我们的尘垢，收纳我们的眼泪，抚慰我们的创伤，也随时追逐我们的笑声，将我们变成一支透明的蜡烛，共享温柔的夜色。

这静止航行的船，金身不败，当我们衰朽时，它还会接纳比我们青春的躯体。别说我们不需要它，谁的人生不需要洗浴呢？即便是一棵树，它也需要雨水的滋养，才能长成参天大树；一条河，它需要一场又一场的天浴，使其肌肤丰润，永不干涸。虽然我们也知道，洗浴过后，悲剧从来就不曾落幕。

记得二十多年前初来哈尔滨时，洗澡得去公共浴室。从我暂住的文联大院，去离住处最近的浴室，步行大约一刻钟。某年盛夏的一个日子，天色晴朗，我带着洗浴用具去了浴池。可是洗完澡一身轻松地出来，天色如墨，乌云满天。没有带伞的我，想在闪电撕破乌云的脸之前，赶回住处，于是一路疾行。可我还是没有雷电的速度快，被倾盆大雨拦截在中途。暴雨让尘土沸腾起来，路面泛起的水泡尽是泥泡，飞溅的雨滴也有尘土的味道。暴雨过后，我被拍打得像个流浪汉，衣衫不整，发丝凌乱，胳膊上是泥点，脚趾间塞着沙粒，哪像是刚从浴室出来的，倒像从黄沙滚滚的荒漠归来。

　　人生就是这样吧，你努力洗掉的尘垢，在某个时刻，又会劈头盖脸朝你袭来。但无论如何，我依然会怀揣着对大自然的敬畏之心，欣赏暴雨后天空那辽阔的晴朗。

2016年8月　哈尔滨

目 录

静止航行的船 / 1

空色林澡屋 / 1

泥霞池 / 66

清水洗尘 / 148

像泥霞池这样的地方 / 176

空色林澡屋

去年花开时节,我率领着一支森林勘查小分队,自察卡杨北上,来到中国北部的乌玛山区。我们此行的目的,是对停伐五年后的乌玛山区的自然状况,做实地勘察。看看休养生息后的森林,野生动物是否多了,消失的溪流是否如闪电一样,依然给大地撕开最美丽的裂缝。

因为要穿越大片的无人区,风餐露宿,猛兽、不可预知的自然灾害、匮乏的野外生存经验,对我们来说都是一道道看不见的网,构成威胁。我们托当地林业局的同志,帮我们请了一位山民向导,并为他配备了一杆猎枪。

他叫关长河,戴一顶有帽遮的鹿皮小帽,个子矮矮,

罗圈腿，黝黑的扁平脸，塌鼻子，看人时喜欢眯起一只眼，眉毛疏淡得像田垄上长势不佳的禾苗，额头有两道深深的横纹，像并行的车轨，那额头就给人站台的感觉。但这样的站台，注定是空空荡荡的了。他不用嘴时，嘴唇也鱼嘴似的翕动着，好像在咀嚼空气。他牵来一匹鄂伦春马，驮运帐篷等物资。

进山第一天，他牵着马在前引路，不时嘟嘟囔囔地骂着什么，让人好生奇怪。晚上宿营时，我们才明白他嫌子弹配备多了，三十发——这分明是对他的枪法不信任嘛。他说非到万不得已，自己是不会动枪的。要是滥杀动物，乌玛山区的各路神仙，就会把他变成瘫子！

他带了一箱塑封的散装土酒，半斤装的。傍晚支起帐篷，燃起篝火，他就取出一袋，用牙齿在一角咬出豁口，将酒倒进一个漆面斑驳的搪瓷缸，随便倚着篝火附近的一棵树或是树桩（若倚着树桩，他头顶戳着一截黑黢黢的东西，便像旧时披枷带锁的犯人了），耷拉着眼皮，十分享受地喝起酒来。他喜欢空口喝上小半缸，再凑过来吃饭。我们带了不少肉食罐头，他闻了总是蹙眉，宁愿吃他带的马鹿肉干，它们看上去像切断的棕绳，干硬干硬的，我们的牙齿对付不了，他却像嚼松脂油，毫不费力。我们带来的食物，他唯有对挂面独有钟情，他会把顺路采的野菜——水芹菜呀，柳蒿芽呀，或是蕨菜，在河中晃荡几下，算是洗了，也不用开水焯，更不用刀切，直接拌在面里。所以他碗里的面条总是绿白相间，像是一丛镶嵌着阳光的绿柳。

出发的第一周，我们发现几处落叶松林，有被盗伐的迹象。树墩横切面现出的白茬，还是新鲜的。关长河告诉我们，所谓停伐，只是不大规模采伐了，林场的场长们，各踞山头，还不是偷着砍木头，运出卖掉，以饱私囊。怕劣迹暴露而被追究责任，狡诈的林场主，将盗伐的林子放上一把火，烧个光秃秃，就说是雷击火引起的，瞒天过海。但是一周之后，当我们深入到密林深处，离公路铁路越来越遥远，连山间小路都难得一见的时候，我们如愿看到了繁茂的树，看到了在溪畔喝水的马鹿，看到了在柞木林中追赶山兔的野猪。我们还看到了硕大的野鸡——这森林中飘曳的彩虹，当它掠过树梢时，那泛着幽光的五彩翎毛，简直就是给绸缎庄做广告的，让人惊艳。

森林中最可怕的野兽不是狼和熊，毕竟遭遇它们的几率小，再说有关长河和他的猎枪护卫着。比野兽更凶猛的，是拂之不去的蚊子和小咬。尤其是不出太阳的日子，森林缺了阳光这味药，它们就猖狂起来了，抱团飞旋，跟着你

走,将我们的脸叮咬得到处是包——它们恨我们侵入它们的领地吧,在我们的脸上埋下地雷。所以宿营的时候,我们总是先笼火熏蚊子,再支帐篷。我们还在篝火旁撒尿,不然裤带一解开,蚊子小咬有如发现了乐园,一拥而上。关长河对我们在篝火旁撒尿很鄙视,说火神会怪罪的。他不怕蚊子小咬,有时还伸出舌头,舔几只吃。晚上他独自睡一顶帐篷,月亮好的夜晚,我们起夜时,不止一次看见他酒后站在泛着幽蓝光泽的林中,朝着月亮张开双臂,手掌向上,像是要接住什么的样子。我们当中有人按捺不住好奇,问他夜半那姿态是干吗?他说月亮太明亮了,怕是天也难容,万一月亮被推下来,他还能救它一命。不然月亮的脸破碎了,夜晚就没亮儿啦。他那郑重的语气,让人不敢发笑。

  一路上我们只吃了两次野味。一次是我们发现一只折断了翅膀的大雁,匍匐在沼泽地上,关长河说失去了天空的飞鸟,生不如死,开枪射杀了它,这也是他此行开的第一枪。当晚我们将大雁拔毛,烤了吃了。另一次是从猎人下的套中,获得一只死狍子。我们逢着它时,它的身子还没凉透,嗅觉灵敏的鹰隼闻风而动,盘桓在上空,准备饱餐一顿。关长河先是责骂给狍子下套的猎人,所选择的树下没青草，让被缚的狍子失去口粮，活活饿死，之后他低头念了几句咒语，掏出猎刀，熟练地肢解了狍子。那晚在营地的篝火旁，我们用吊锅煮狍子肉。关长河采了一把野韭菜，掺着盐切碎了，狍子肉蘸野韭菜的味道，美妙极了。关长河没少吃肉，也没少喝酒。我们问他有老婆吗？他说老婆是天上的云，不能要。我们笑，又问他有情人吗？他说情人是地上的霜，千万不能踏。我们笑翻了，问他真没碰过女人吗？他很认真地说，碰过，女人给我洗澡。我们问是城里洗浴中心的小姐吗？他摇摇头，说给他洗澡的是个老太婆。我们只当他胡说，不再追问。

关长河第二次开枪，是因为行程的最后几天，一条狼总是在黄昏时，跟在我们身后。它的气息扰得鄂伦春马心烦意乱，走不稳路，一会儿吊锅从马背掉下来了，一会儿盐袋落下来了，一会儿测量仪器又滑下来了，马背仿佛成了滑坡事故现场了，他不得不开枪吓跑狼。关长河不瞄准它，说是孤狼都有一肚子的心事，得留它一命。不过当晚到了营地后，他就自责带上弓箭就好了，它完全能呵退狼，不该浪费那颗子弹。他还赌气地冲他的马说，一队人跟着，狼又吃不了你，瞧你慌张的，好像丢了屌，真没出息啊！马摇晃了一下脑袋，屙下一堆圆鼓鼓的粪球，像是无数只

空色林澡屋

愤怒的眼，在瞪着他。关长河无奈地笑了，拍着马屁股说，我一说你，你就拿这一招对付我啊！

我们走出森林的前夜，考察接近尾声了，大家都很感激关长河，白天时特意在一条小河中，用石头垒坝，憋了十几条半大不大的鱼，傍晚宿营时，燃起篝火烤鱼，轮番给他敬酒。关长河对鱼没什么兴趣，只吃了半条鲶鱼。他对酒倒是热情万丈，来者不拒。他对我们说，明天出了山，会看到一个只有三户人家的小驿站，那里有个澡屋，叫空色林，是个老太婆经营的，她一天只烧一锅水，给一人洗澡，而她给人洗澡不收钱，只收吃食。其实那锅的直径，少说也有半丈吧，一锅热水洗两人绰绰有余。但如果真是两个人去了，都想洗，另一人就得等着，第二天再享受。

我们问关长河，你说的给你洗过澡的女人，就是她啦？

关长河眯起一只眼，点了点头。

她多大年纪了？

她开这澡屋，快二十年了吧。多少岁数，她不说，咱也不问，我估摸着，少说也有七十几了，她原来挺高的，现在一年比一年矮了，人一缩缩，就是老啦！

她只给男人洗澡吗？

关长河说，南来北往跑运输的，哪个不是男人？再说了，女人哪有男人风尘多!

那你是完全脱光了，让她洗吗?

关长河翻了一下眼珠，反问一句，你们见过在水里穿裤衩的鱼吗?

我们大笑起来。

关长河说陪我们走了一路，分别之际，他没什么好送的，就送这个老婆子的故事给我们听。

我们知道这该是个很长的故事，纷纷起身，有给篝火添湿枝桠的（这样它能燃烧得长久些）；有去小解的（听精彩的故事，最怕憋尿）；还有加衣的（森林夜露浓重，月亮给加的衣服，毕竟太薄了）；我们为了迎接关长河送的别致礼物，做好了准备。

在乌玛山区，冬天时老天是昏庸懒政的皇上，天门晏开早闭，几不理朝；夏天则改朝换代了，一派勤政之气，天门洞开，有点夜不闭户的意思。太阳落山了，西边天上，还浮游着丝丝缕缕的晚霞。它们是仙女们准备的金丝线吧，预备着缝补月亮。而那晚的月亮，确实缺了一角。

关长河故事的主人公，是一个女人，三个男人，和一条叫白蹄的狗。

这女人是旺河人，她来到乌玛山区时，还是个少妇。

她带着儿子,投奔在翠岭林场的丈夫。那时乌玛山区刚开发,她男人是首批进驻的工人,带家属的男人少而又少。

他们的婚姻是父母包办的,男方并不想娶她。因为这男人生得俊朗,女人却很丑。她高个子,身材也匀称,就是脸面与常人不同。别人的鼻子,是脸颊的中界线,可她的鼻子,偏袒一方,致使左脸辽阔,右脸一派失地气象,狭窄逼仄。脸不对称,就给人扭曲之感,她不得不梳一缕长长的刘海,遮住半个左脸,削弱它的势力范围。但麻烦又来了,她的眼睛不歪不斜,这缕浓密的刘海,常让左眼失陷,使她看上去像是独眼女人。据说她丈夫只身来到艰苦的乌玛山区,就是想摆脱她。不料她跟过来,并在此扎根。

这女人在家属队干活,夏季种菜,冬天拉雪爬犁运粮油。她力气大,好脾气,乐于助人,所以人缘不错。女人们尤其喜欢她,因为所有的女人在她面前,都是美人了。她说话有个特点,但凡说到自己,不是以"我"或"俺"自称,而是"咱",好像谁和她都是一体的。自打她来了翠岭林场,她男人就没气顺过,常跟她找茬。她受了委屈无处哭诉,就在吃食上为难男人,做夹生饭,将菜炖得齁咸,把玉米饼子贴得跟石板一样坚硬,折磨得她男人胃痛,他怕坐下病，就收敛些。

她有两大嗜好，洗澡和喝酒。那时还没水井，他们吃水靠的是河。春夏秋季倒好说，河水是活的，灌到桶里，担回就是。冬天河冻住了，就得用冰钎凿冰，将冰块装进麻袋背回家，像柴草那样堆在户外，随用随取。即便取水困难，她冬天照例每周洗回澡。她一洗澡，她男人就挖苦她：你还能把自己给洗俊了？女人噙着泪花说，除了这张脸，你说咱身上哪点对不住你？也是，她夏季下河洗澡时，不止一个女人，看过她光着身子的样子。她肤色微黑，但皮肤细发，双腿修长结实，腹部无赘肉，双乳坚挺，屁股圆润而微翘，的确是完美的身躯。只可惜造化弄人，把她的妙处都藏起来了，而把她最没风光的地方，一览无余地展现给了世人。有次她喝多了酒，有个好事的妇女逗弄她，问她男人和她同房时，是不是得用布遮着她的脸？毫无城府的她"啊呀——"大叫了一声，瞪着乌溜溜的黑眼睛，说你咋知道的？每回他都用枕巾蒙着咱的脸，好像咱是驴！他还想从后面来，咱一屁股把他顶到地上了，咱又不是狗，凭啥那样？这番话传遍了翠岭林场，爱开玩笑的男人见了她就说，跟咱睡吧，不蒙你的脸，让你当褥子在咱身下！她撩开那绺长刘海，扒开眼皮，露出白眼仁，龇着牙，做

出狰狞的样子,气呼呼地说,你跟咱睡,那你得让你家女人预备着针线,好缝你被咱吓破的胆儿!

这个女人成了翠岭林场的名女人。她婚姻的解体,源于一个瞎眼的算命先生。

那是个夏天的傍晚,一个穿灰布褂的男人,一手挂棍儿,一手打着竹板,来到了翠岭林场。这儿的人,对这类走江湖的人并不陌生。劁猪的,算命的,磨刀的,打家具的,蹦爆米花的,甚至是说媒的,在那个年代走村串镇,都能混上口饭。这算命的看来道行浅,他来的那晚儿,林场绝大多数人,都去附近的雪岭林场看露天电影去了,留在家里的没几人。那女人没去看电影,是想趁着一个林场的人走空后,在月夜独享那条河流,把它当成自己的大澡盆,痛快洗个澡。谁想她洗完澡上岸,清清爽爽地回家时,在路上遇见了算命先生呢。他叫了多户门,都没打开,倒叫一户人家的看家狗,给咬了一口。那女人遇见他时,他正坐在场部大松树下的石头上,用唾沫擦拭腿上的伤口。

那女人看他可怜,就把算命先生带回家,点燃蜡烛,帮他清理伤口。听他肚子饿得咕咕叫,还给他做了半锅疙瘩汤。算命先生感激不尽,坐在女人家窗下的矮脚方凳上,让她报上家人的生辰八字,给他们无偿算命。他舞动着手指，翻着眼珠，把她家人的命，掐算得天花乱坠。最离谱的是说她母亲，明明老人家过世了，可他说她能活到九十六岁。他还说歪鼻子的她花容月貌，十七岁时，就有三个男人争相娶她。女人苦笑一声，意味深长地说，看来你真是看不见哇。她知道这瞎眼先生为了糊口，只是顺情说好话。被算的命没了曲折，一派阳光灿烂，听着也没趣儿。她乏了，可看电影的人还没回来，她也没处打发这算命的，想着他两眼一抹黑，没甚威胁，就吹了蜡，瞎编了几个生辰八字报给他，由他胡说，自己悄悄去炕上歇着了。

她是在睡梦中被男人给揪起来的，他揪的是她遮脸的那绺刘海。男人带着儿子看电影回家，见屋里没亮儿，就打开了随身携带的手电筒。往炕上一照，发现她身边躺着个男人，火冒三丈，恨不能拿菜刀把他们一块剁了。男人唤儿子点起蜡烛，自己则挥舞着手电筒，朝向那算命的，把他打得嗷嗷叫。

那时候他们住的家属房是四家一幢，间壁墙不隔音，同样看电影归来的邻居们，听到他家闹得沸反盈天的，以为夫妻干仗，怕出人命，纷纷过来劝架，谁想到中间夹着一个瞎眼的算命先生呢！

男人骂女人，说她趁他和孩子不在家，和狗男人偷情。

女人赌咒发誓地说没有,她不过是乏了,想眯一会儿,谁想睡过去了。瞎子也说自己是被冤枉的,他根本没碰女人。他算着算着命,听见女人的呼噜声,便摸到炕上,也想歇歇。谁知一躺下就睡着了,他太累了。当事者都说没想睡,却睡过去了,愈发让男主人怒不可遏。他扔掉手电筒,从园田的豆角蔓间拔出一根柳条,当鞭子使,抽得那瞎子陀螺似的转圈,爹一声妈一声地惨叫。男人边打边骂,说他们蜡也不点,肯定干了不正经的事情!女人说,在一个瞎子面前,点蜡不是白费亮儿吗?咱还不是为了给家里省截蜡!女人还说,他一个瞎子,腿还让狗咬了,能干啥呀!男人瞪着眼珠说,他上面瞎,下面不瞎!他快活起来,哪还顾得上疼!男人不依不饶,打完瞎子,又打老婆,边打边说女人的身子是臭水沟了,他不能再碰了,当着众人,说要和她离婚。据当年在场的知情人回忆,这女人听到"离婚"二字,像下完蛋的母鸡似的,张着双臂,"咯咯咯——"地叫了半晌,然后跌坐在地上,凄凉地对她男人说,咱再丑,一铺炕也滚了十来年了,这事你都不信咱了,那就离吧。咱啥都不要,把儿子留下就行。没等男人说不可,孩子很干脆地表态,说他不跟妈妈,要随着爸爸。女人眼含热泪看着儿子,说:你也嫌咱丑是吧?孩子不吭气,女人便对他们父子说，从此后你们走你们的阳关道，咱走咱的独木桥，两不相干。记着，有一天咱就是快饿死了冻死了，路过你们门口，咱也不会吃你一粒米，喝你一口热水！女人取了剪子，一低头，把那绺遮脸的刘海攥在手中，"咔嚓——"一声铰掉。她脸上的那面为丈夫而竖的旗帜，就此倒了。

他们离婚后，翠岭林场的人背后都议论，说那男人其实知道老婆是清白的，只不过他一直嫌弃她，而今找到一个好借口，趁此休掉了她而已。离了婚的女人，并没像人们想的那样离开翠岭林场，回她的老家去。林场边上，有一座筑路工人住过的废弃的小黄房子，她把行李搬进去，抹了墙泥，为房顶苫了油毡纸，将歪斜的门窗修正了，盘了炉子，开始新生活。她家里的家具炊具，大都是同情她的女人们送的。她们的同情心也很有限，把残次的东西送给她，豁了嘴的海碗，裂了纹的盘子，掉了橙儿的木椅，失了耳朵的耳锅。不过她也不介意，能凑合着使就行。她独立门户，有声有色地过起了日子。端午节时，她将门楣插上艾蒿和葫芦；元宵节时，她挂出火红的灯笼。人们以为除夕对她来说最难熬，这屋子会传出哭声，可是没有，她一个人照旧贴春联，放鞭炮，包饺子，喝酒。只是她思

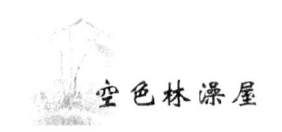

念儿子，常在林场学校的围栏外转悠，期待着课间休息时，能远远看一眼在操场上的儿子。

她哭没哭过呢？大家听见的只有一回。小孩子长个快，她发现儿子穿的棉裤，裤腿短了，她怕寒风吹着孩子的脚脖子，就拿着省下的棉花票和布票，去供销社买新棉花，扯了二尺蓝布，做了一条棉裤，天黑透时送到她以前的家。守夜的老狗仍认她为女主人，见了她热情地打转，闻裤脚。她没有敲门进去，而是把棉裤放在了桦子垛上，想着第二天早晨前夫出来抱柴生火，一看就明白是她做的，顺手拿进屋了。谁知那天深夜狂风暴雪，冻得瑟瑟发抖的老狗，跟她不见外吧，打起这条棉裤的主意。它蹿上桦子垛，把棉裤叼进窝，撕个稀烂，给自己絮了个暖暖和和的窝。女人观察几天，见儿子没穿上自己做的棉裤，又见那条游荡的老狗，身上沾着白花花的棉絮，要把自己变成白狗的模样，她明白老狗糟蹋了她的心意。她回到自己的小黄房子后，放声大哭，路过的女人听见哭声，进来劝她，这才知道棉裤的事情，不由得跟着唏嘘。也就是这件事，让她前夫下决心远离她。他找到领导，说离异的夫妻在一个林场生活，都受煎熬，希望给他调到别处。那年冬天过后，女人的男人带着儿子和老狗，离开了翠岭林场。不久，传来了他再婚的消息。据说他娶了个离异的不能生养的女人，她模样周正，性情温顺，待孩子特别好，当亲生的养着。前夫和孩子过得好，这女人也不吃醋，时常跟人说，人这一辈子，跟谁不是过呢？人家找着了比咱好的人，该为人家高兴哇。只是她说这话时，眼神是凄凉的，语气是落寞的。

关长河讲完女人和第一个男人的故事时，抬眼望了望天。月亮刚好被一缕云遮了半个脸。他叹息一声说，你又不丑，咋也整绺刘海遮脸呢。我们笑了，抢着给他添酒，夸他会讲故事。我们指责那男人，还说那个不认亲娘的孩子是白眼狼。关长河抿了一口酒，说男人骂别人都理直气壮的，轮到自己时，也未必比那男人强。他问我们，你们说说，这么丑的女人，你们乐意跟她过一辈子吗？大家面面相觑，有人说可以给她做整形美容，把鼻子给拉回正路上来；有人说可以让她戴纱巾，朦胧的纱巾背后，哪有丑女人呢。关长河再抿了一口酒，将我们挨个瞟了一眼，说人可真是怪物啊，歪脖垂腰的杨柳，龇牙咧嘴的花儿，奇形怪状的石头，曲里拐弯的河，都说美，轮到人呢，就不一样了，可见人多是没良心的！他用一根桦树枝，捅了一下篝火。一簇火星飞旋而起，篝火上空立刻就有了星空的

气象。

关长河的脸在火星的映衬下，就像一尊雕塑，庄严而华美。他知道我们对这故事入迷了，接着讲下去。

这女人与她生命中的第二个男人，是镜子牵的线。

女人因为貌丑，素来不照镜子，她家里也从不摆一块镜子。别的女人去供销社买东西，店员总会推荐摆上柜台的最新式样的镜子，而见到她，则有意识地用身子遮挡，免得她不快。

这男人是个跑船的汉子，靠青龙河吃饭的。有人说他是赫哲人，还有人说是达斡尔人，谁知道呢。

青龙河是乌玛山区最长的河流，支流多，流域广。每到开河时节，这人就驾着独木船，开始他的营生了。他的小船，是用整根松木砍凿而成的，长不过两丈，中间的舱口能容一人坐下，船两头起翘，像一条贴着水面飞的大鱼。这人把船叫威呼，他用威呼打鱼，也用它盛小百货，拿到沿岸的村屯去卖，兼做货郎，这一带的人因此叫他威呼郎。

威呼郎正当壮年，他中等个，黑瘦黑瘦的，刀条脸，头发微卷，眼睛有点凹陷，一只鼻孔豁了，说是他年轻打鱼时，让鱼钩给挂烂的。威呼郎卖货时，会将小船停靠在岸边，挑担上岸。他去的大都是离岸不远的村屯，超过二三十里路的,他极少去。因为他的货好出手,沿岸转一两个村屯,基本就卖光了。

翠岭林场离青龙河有三十多里路,威呼郎只去过两回。头回去是为了收取猎户手中的熊胆,女人那时还没来翠岭林场呢;第二回去是卖货,女人倒是来了,但那是采山时节,穿花衣服的人都在山里转(他们自是无缘见面),威呼郎的货无人搭理,几乎是整担挑回来的,所以他发誓不再去了。

威呼郎是怎么认识的女人呢?这事说来蹊跷。这女人的前夫不是离了婚,又娶了一个吗?虽说后妈待自己的孩子不错,可女人心里还是无限牵念,时常梦见他。如果梦里孩子欢蹦乱跳,面目洁净,穿的衣服不露肉,一派阳光,她醒来心情就很好。可有时她做的是噩梦,孩子让驴踢了,让马蜂蜇了,或是爬树摔了下来,她就闷闷不乐。

有一天夜里,她又做了噩梦。她梦见一个面目不清的女人,坐在幽蓝的山坳里,张着大嘴,"咔嚓咔嚓——"地啃着什么。她问你吃什么吃得这般香?女人头也不抬地说:兜兜的手指,比新拔出来的胡萝卜还脆生啊!女人醒来一身冷汗,她的儿子小名就叫兜兜。女人早饭也没吃,带着两个凉窝头,一块芥菜咸菜,就上路了。

空色林漂屋

女人去前夫所在的林场,要到青龙河中游的一个小镇乘船,她一路疾行,到了青龙河畔时,衬衫已被汗水打湿。合该他们有事,她沿着青龙河奔向船站时,威呼郎驾着小船飘忽而下。他见一个女人孤零零走在岸上,就朝她吆喝:哎,买点什么吗?见她不语,他拿出一面拳头般大的圆镜子,晃她,说这镜子是新出的样式,背面有牡丹喜鹊图,可以便宜卖给她。这女人看到镜子,就像看到千古仇人,停下脚步,怒气冲冲地说,你干脆骂咱得了,拿镜子寒碜咱,有你这么损人的吗!威呼郎放下镜子,将小船划向岸边,终于看清了女人的脸,他非但没被吓着,反而夸她英气逼人,非一般女人可比。他说她的鼻子是匹谁也驯服不了的野马,想踏哪片疆土就踏哪片。女人哪有不爱听好话的?那条船和船上的人,在她眼里是此生见过的最美的水上风景了。威呼郎问她去哪儿?女人告诉了他。再问去那儿干啥?她说儿子的后妈,把咱儿子的手指当胡萝卜啃着吃,她要去教训她!威呼郎先是骂那当后妈的蛇蝎心肠,之后靠岸,拉她上船,说要把她送到那儿,帮她收拾那人。女人上了船,等于踏上了一个漂泊的家。据说船行了一半,威呼郎跟女人仔细一聊,才明白她不过是做了一个关于儿子的噩梦。看着阳光下她丰满的胸部,看着她红彤彤脸上那抹动人的忧伤，威呼郎动了心，他将船泊在一片茂盛的柳树丛，把女人拽上岸，抱她入怀，说他能终止她的噩梦。女人不知道，一个噩梦结束了，另一个噩梦却开始了。她依恋上威呼郎，开始跟着他在青龙河上跑船，打鱼，挑起货担上岸卖杂货，俨然是他老婆了。

但威呼郎有老婆孩子，不能娶她，所以女人只有半年跟着他。冰雪覆盖了大地，河水结冻了，威呼郎收船上岸回家，他们之间的鹊桥也就断了。

女人孤零零地回到翠岭林场时，总是带着女人们喜爱的货品，头绳、发卡、钩针、丝线、鞋垫、脖套、假领子、松紧带、梳子、箧子等。这些货品，她得比供销社卖得便宜，且花色和质量要更胜一筹。女人们来她的小黄房子买东西时，爱问她威呼郎对她好不好。她总是平静地说，啥好不好的，他不嫌弃咱，咱就跟他在水上过半年日子呗。女人们说，既然他那么相中你，干脆让他跟老婆离了，娶你得了。她苦笑一声说，咱不能作那个孽，人家把男人半年的筋骨都给了咱！女人们便取笑她，问啥是筋骨哇？她红了脸，说筋骨就是筋骨，你们懂啥！

最初几年，她归岸后脸颊是红润的，爱与人交往，眼睛弥散着淡淡的幸福，安然度着漫漫长冬，春节时独自守岁，把那小小的黄房子装扮得喜气洋洋的。她恪守着与威呼郎之间的私下协定吧，从不去找他，他也不来。可自从她流掉和威呼郎的孩子后，她瘦了下来，眼里透出凄凉的神色了。

那年深秋她上岸后，看上去分外疲惫，走路拖沓，呵欠连天，说话声也低了下去。她说这一季鱼少，他们的网快把青龙河撒遍了，但收获平平，把她累坏了。她勉强撑持着，腌了一缸酸菜，溜了窗缝，便闭门不出了。女人们敲她的门来买小百货，看到的多半是她睡眼惺忪的模样。天冷了，雪来了，她馋酸馋得疯了。以前放在抽屉里的五盒山楂大药丸，被她翻出，吃个精光，她还把没腌透的酸菜，吃掉了大半缸。她发现腿肿了，肚子微微凸起，明白自己这是怀孕了。她不想给威呼郎找麻烦，开不出证明，不能名正言顺去城里医院做流产，她只好自行解决。她家不缺烧的，可她扛起斧头，拉着雪爬犁进山了。她将斧头疯狂地抡向各色树墩，尤其是难砍的老榆树墩，将它们劈成柴拉回家，垛在院子里。第四天的时候，人们看见她步履沉重地拖着满满一爬犁劈柴回来了，她的刘海和睫毛挂满霜雪，眼里泪光闪烁。她身后的雪地上，除了两条爬犁的印痕，还有一道星星点点的血迹。她的院子堆满了柴，而她失去了孩子。那个冬天她很少出门，过年也没挂灯笼，但她家的烟囱炊烟依旧，人们知道她还过着日子。

往年一进三月，她就盼春天了。屋顶积雪融化后，会传来滴水声，那是她最喜欢听的声音了。外出归来的人，若是告诉她，青龙河的积雪薄了，冰面有裂纹了，她就掩饰不住地笑，说咱的好日子要来了！可自打流产后，她就没那么盼春天了。那年开河后，威呼郎来接她，她见着他呜呜哭了，说咱的孩子没了，你可害死咱了！委屈归委屈，她还是跟着他跑船去了，而且半年后回来，脚步又轻快了，面色又好看了。

他们就这样风风雨雨地又过了几年，直到有一天，威呼郎突发脑溢血，他们才彻底分开。疾病像一张看不见的网，把威呼郎打捞上岸。他保住了命，但是瘫在床上，再也不能到青龙河寻生计了，只能留在老婆孩子身边。这时女人才后悔，她捶着胸口跟人说，原来跟着不属于咱的人，咱最后想伺候人家都不行啊。

她大病一场后，人瘦了许多，头发也花白了许多。她出了趟远门，想把她和威呼郎一起生活的那条船弄回来。他发病时，船就近泊在青龙河中游的一个小村，拴在村边的一棵松树下。可她去了那儿，船却没影了。有人说它被

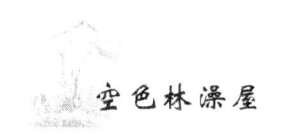

人劈了烧火了,有人说孩子们好奇这船,把它推下水,它像一条大鱼,游向远方了。最让女人不能接受的说法是,船是被威呼郎的老婆给弄走了,说她取船的那天叼着烟袋,哼着小曲,穿一件银光闪烁的袍子,说她男人不能跑船了,威呼不能闲着,拿回家当马槽使。

女人没取回船,回来歇息一日,便带着干粮,朝人借了匹马,进山去了。她转悠了两天,选中一棵粗壮挺直的松树,用弯把锯放倒,截取中段,让马给拖回来。那一年里,她家里不断传来斧凿声。转年春天,她做出一条小船。看来她没白跟威呼郎跑船,把他造船的技艺学来了。

这条船比一般船要小许多,只能坐下一人。船头宽,有个横板,船尾尖,无桨无舱,看上去像只小脚老太穿的鞋。她用这条怪里怪气的船做啥呢?洗澡。她把它横在小屋的中央,当成澡盆。人们说她这么做,是忘不掉威呼郎,她仍幻想着在他怀里。

她又过起了一个人的日子,开荒种地,饲养鸡鸭。她还学会了造肥皂,自己琢磨着,用碱、猪油和各种花草熬制肥皂。有两种肥皂最为人们喜爱,一个是松露皂,一个是玫瑰皂。她在松露皂中,加了樟子松的松脂,这样做出的肥皂凝脂般细腻,淡黄色,像一片大好月色。而她在造玫瑰皂时，在寻常的制皂原料中，加了野玫瑰的浆汁，还兑了蜂蜜，这种玫瑰皂晶莹剔透，散发着香气，朝霞般鲜润。靠着这两种肥皂，她赚来了油盐酱醋的钱。因为她的肥皂有了声名，人们就此称她为皂娘了。

关长河讲到这儿，望了望升高的月亮。无云遮蔽，它的面庞是如此明净，月亮里好像也点着篝火，而且十分旺盛。关长河收回目光时，告诉我们他躺倒的时候，常分不清天上人间。有时觉得大地是天空，绿草是云朵，花朵就是星星。而天空就是大地，太阳是做饭的大火炉，月亮是人住的屋子，星星是禾苗。我们当中有人开玩笑，说此刻的月亮更像茅屋。他不高兴了，"霍——"地一下站起来，撂下喝酒的搪瓷缸，说把月亮当茅屋的人，满脑子的屎尿，不配听他的故事。我们赶紧说，月亮是美好的，它像他说的屋子，也像柴垛、粮仓、湖泊，最不济的，也该像皂娘用的澡盆吧。关长河这才不生气了。他转身撒了泡尿，去溪畔洗了手，回来后给马喂了块豆饼，这才舒坦地坐下，接着讲故事。

皂娘一天天老下去啦。人老了跟现在河老了一样，一年年显瘦喽！这时上头来了新令，各林场都不许采伐了，林场转产撤并，搞旅游开发和绿色种植了。城里在造一个

空色林澡屋

模子的房子，就是那种长方形的棺材似的矮楼，把人往里赶。翠岭林场是撤并的林场之一，所有人要搬迁到青龙河下游的安东林业局去。人们大都喜欢去安东，那里有暖气，有煤气灶，不用烧柴取暖做饭了。而且它热闹呀，饭馆，旅社，网吧，书店，发廊，干洗房，珠宝店，点心铺子，农贸市场，服装店，鞋铺，只要有了钱，真是想要啥就有啥。可老人们过惯了山里的日子，就不愿意进城。但儿女们要走，他们只得跟着。城里没有菜园子，没有猪圈羊圈和鸡窝狗窝。那段日子，翠岭林场的家家户户，杀猪勒狗，宰鸡宰鹅，过大年似的日日开荤，吃得人满面油光。

皂娘住在林场边上，跟威呼郎跑船了多年，大家也不大把她当林场人看待了，所以她选择留下，就算是与她还有走动的女人，顶多劝说两句，说一个人留下除了寂寞，遇到难处谁来帮忙呢，不如随大流进城吧。皂娘说人活着不就是受苦吗，咱没享福的命，不怕。女人们也就不管她了。林场的人搬空了，水电自然切断了。不过这对她没啥影响，她的小屋这么多年来，因为跟威呼郎跑船时错过了，始终没有通电和自来水。

她也不是一个人，她有个伴儿，就是白蹄。

翠岭林场的人搬迁前，不是对饲养的家畜大开杀戒吗？

王喜山家有一条母狗，通身黑色，但四蹄雪白，所以名叫白蹄。它才两岁，但却是林场里的名狗。

白蹄为什么有名呢？不为它漂亮，而是它四处捣乱，常做些惹人发笑的事情。

比如它跟着主人去参加婚礼，在典礼现场，竟然用嘴撩开新娘的花裙子，那理直气壮的样子，仿佛它是新郎。它知道自家的女主人哭时，喜欢拿块手绢擦泪，它在一个葬礼上，见棺材前挂孝的人哭得稀里哗啦的，手上却什么也没拿，就去人家的灶房，叼来一块脏兮兮的抹布，歪着脑袋，满怀同情地送到那泪流满面的人面前，让吊丧的人哭笑不得。

白蹄还爱管闲事，它一岁时看见公鸡掐架，就去拉架，试图分开它们，谁知两只公鸡把矛头转向它，一起掐它，倒弄它个鼻青脸肿。有回它路过一户人家，透过栅栏的缝隙，看见这家的猪，趁主人都不在，在偷吃园田的菠菜。它进不了门，想从栅栏钻入，可惜缝隙太小，心急火燎的它便用蹄子刨坑，试图将栅栏弄翻。结果猪主人回家，看见白蹄刨坑，非常生气，说你咒我死啊，咋不在你家刨坑呢，操起一根木棒打它，让它滚回老窝。这一幕恰巧被邻人看见，说你先别打白蹄，看看你家的猪在干啥呢？主人

一望，知道白蹄是想阻止不良的猪，转而去教训猪。

白蹄受了冤枉也不长记性，有回它跟着男主人去别人家打麻将，发现这家的猫在偷吃碗柜上的鱼，就去叼猫主人的裤脚。人家正摸得一手好牌，在兴头上，哪顾得上其他，踢开它照旧摸牌。白蹄一着急，蹿上牌桌，把牌给搅乱了，气得那人直说白蹄是主人带出的老千，专挖他墙脚的，两个男人还因此闹了不愉快。

最可笑的还不是这些，而是白蹄对性的无知。它一岁半时，见一只公狗骑在母狗身上，就冲上去，拽公狗的尾巴，试图把它拖下来。它也因此惹恼了其他狗，那以后它们见了白蹄都不理睬，尽管它常热情洋溢地奔向它们。

翠岭林场的场长有个开金矿的发小，钱没少挣，可却得了严重的抑郁症，整天琢磨自杀的事情。场长知道白蹄能给人带来快乐，跟王喜山商量了，给了他两箱高粱烧酒，带走白蹄，送与朋友逗乐。结果白蹄去了一周，就被送回来了。它给那抑郁症患者带去的不是快乐，反而是苦恼。它不会上楼里的洗手间，把屎尿遗在沙发床下；它见电视里的鬣狗围攻棕熊，便想助棕熊一臂之力，扑向画面，把电视机掀翻在地；它不习惯在阳台守夜，楼下一有汽车经过它就叫，搞得一家人彻夜难眠。那人本想把它送到狗肉馆，但见它一双湿漉漉的眼睛满怀好奇，还看这世界不够的样子，起了恻隐之心，亲自驾车把它送回。

人们因着搬迁而烹鸡煨鸭、篜猪炖狗时，白蹄失踪了，王喜山知道它是畏惧死亡而逃走了。他其实并不舍得勒死它，想把它带进城，送给哪个单位做看门狗，这样还能时常看看它。可直到他离开，寻遍了白蹄可能去的地方，都没能找到它。

翠岭林场人搬走后的第二天早晨，皂娘一推开门，就发现了白蹄。它趴在她家的窗根下，瘦得皮包骨了。那些天它去了哪儿，无人知晓。皂娘后来跟人说，估计它逃进了深山，因为发现它时，白蹄被蚊虫叮咬得眼睛和嘴巴都肿了，毛发里夹杂着松针。幸好那是秋天，山中还能寻到浆果和蘑菇，不然它早饿死了。

皂娘有了伴儿，就不寂寞了。她带着它拉柴，挑水，打鱼，采山，种田，制皂，形影不离。白蹄出落得愈发漂亮了，它个头高了，力气大了，毛发有光泽了。但它天真未改，依然做些可笑的事情。皂娘制酒，将用糯米做的酒曲子放在搪瓷盆里，摆在屋外晾晒。白蹄以为皂娘给它换了一个狗食盆，将酒曲子吃了，醉得它呼呼睡了一天。皂娘去小溪刷鞋，先将鞋子浸在水中，因为浸透了好刷。怕

鞋子被水流冲走,皂娘在鞋窠压上小石头。白蹄在水边看见鞋子不在主人手上,而是水里,以为它们会漂走,冲向小溪,把鞋子叼上岸,再把鞋窠的小石头悉数掏出,令皂娘无可奈何。

白蹄最让皂娘生气的事儿,是有一回她攀着梯子,去房顶晒干菜,没等她下来,它却给撤了梯子。那天皂娘上梯子时,白蹄正追逐菜圃中一只美丽的蝴蝶。蝴蝶飞向倭瓜花,它也奔向那里,把倭瓜花给打落了;蝴蝶飞向院子的窗户,它就扑向窗户。谁料蝴蝶一转身上了梯子,白蹄没头没脑地扑过去,蝴蝶飞了,梯子倒了。刚上了房顶的皂娘傻眼了,白蹄也傻眼了。皂娘骂它是条蠢狗,说它想害死主人。白蹄顾不得蝴蝶了,它后悔地叫着,用嘴叼,用爪挠,试图把梯子给竖起来。可它使出浑身解数,梯子还是死尸似的打横,没有起立的意思,白蹄快急疯了,在房根下围着梯子团团转。皂娘在房顶等了两个多钟头,看着梯子是扶不起来了,便脱下裤子,把它撕扯成宽布条,连接在一起,拴在烟囱上。可惜一条裤子接成的绳子,长度不够,皂娘拽着绳子向下滑时,绳子端头离地还有半丈,她只能撒手跳下来。皂娘毁了一条裤子不说,还伤了脚踝,所以她再用梯子时,就把白蹄拴上,免得愣头愣脑的它闯祸。

这个爱给人添乱的白蹄，有年冬天从山里给主人带回一个男人，这是皂娘生命中的第三个男人。

乌玛山区的冬天实在太漫长了。这样的日子对一个孤身女人来说，就像跟在身后的一条饿狼，难缠得很。皂娘在冬天就特别爱喝酒，酒能消磨长夜，还能省下劈柴。你喝得浑身燥热时，是不需要炉火的。

这天中午皂娘喝多了酒，特别想跟谁说说话。没人对话，她就唤白蹄进屋，让它坐在窗下。皂娘说白蹄啊，你是个姑娘呀，这林场就剩你一条狗了，咱想把你许配给谁，难喽！要不等着开春了，咱领你去有人家的村子，相相亲去？你跟咱说说，你得意啥样的？喜欢长腿的还是短腿的？喜欢眼大的还是眼小的？喜欢黑色的还是白色的？喜欢爱翘尾巴的还是耷拉尾巴的？喜欢性子烈倔的还是温顺的？白蹄不语，它站起来，只是摇摇尾巴。先前皂娘把喝剩的半缸酒，放在了窗台上。窗台矮矮的，白蹄摇尾巴时，把盛酒的缸子扫了下来。白蹄没回应皂娘，还弄洒了她的酒，皂娘好不扫兴，她用鸡毛掸子敲了一下它的狗头，赶它出门。

皂娘酣睡了一场，天将黑时来到院子。以往她一出屋

门，白蹄就奔过来，叼她的裤脚。皂娘没见白蹄，以为它生气了，就召唤几声。未见动静，她就房前屋后地找，还是没踪影，皂娘慌了，她走到院外，看到柴垛后有一行新鲜的蹄印，指向山里，她赶紧进屋穿戴暖和了，沿着它留在雪地的蹄印，一直寻到刀锋岭下。落日正红，皂娘终于看见了白蹄。它像个得胜的猎人，雄赳赳地走在前，身后跟着它的猎物，一个又矮又瘦的老头！他黑袄黑裤，戴一顶狗皮帽子，衣帽都是簇新的，眉毛胡须被霜雪染白，但鼻头和嘴唇红彤彤的。他见着皂娘咧嘴乐了，将紧捏在棉手套里的一封信，递给皂娘，眼泪汪汪地说：你是尚天家的吧，有你家的信！

皂娘接过那封信，等于接过了他这个人。

他姓曲，家在离翠岭林场百里之遥的县城。老曲很不幸，他中年丧妻，一人拉扯大独子，未再娶妻。老曲干了大半辈子的邮递员，快退休时邮局裁员，他被迫买断工龄，提前回家。老曲整日郁闷，精神终于失常了。他最爱倒腾街头的垃圾桶，只要翻出废信封，就如获至宝，也不管多脏，抓在手里，四处敲住户的门，要把信投给人家。老曲的儿子小曲无奈，只得给他买了一箱信封，装上裁好的废报纸，用胶水封上，再在收信人一栏，随便填上地址和姓名,由他去投。他把信拿到手里,发现没邮票和邮戳,就跟儿子急了,说这些信来路不明,不能投。小曲无奈,只得买了邮票,又私刻了一枚邮戳,将信封贴上邮票,盖上邮戳,老曲这才满意地去投信了。老曲病后认人恍惚,但他还认得字。小曲编的名字,有的过于寻常,比如张亮、刘刚、王彩霞、刘桂芝之类的,那城里有叫这名字的人,所以信偶尔也能投出去。小城不大,老曲终日在街上游荡,很少有不熟识他的,所以老曲把信投给谁,谁都接着,表达谢意,老曲这天回家就很高兴,能多吃一碗饭。

小曲是孝子,待父甚好,可他媳妇却对一个疯癫的公公,厌恶至极。小曲在刨花板厂下岗后,靠卖大碴粥,赡养父亲,供儿子读大学。他凌晨四点钟就起来煮粥,这样早晨六点左右,能携着热气腾腾的大碴粥,现身早市。小曲的媳妇是县公安局的勤杂工,岗位不起眼,挣得也不多,但因为在一个显赫的单位工作,总觉自己比小曲高出一等,在家颐指气使。她挣的钱,都花在了自己身上。她追逐时髦,讲究穿戴,上班时一件蓝袍子,下班后则花红柳绿的。小曲因为辛劳,头发过早白了,腰也弯了。他媳妇倒是滋润,他们同岁,可她看上去小他一旬的样子。

这年夏天,小曲觉得身体不适,他消瘦,乏力,面色

灰黄，有一天早晨他蹬着三轮车去卖大碴粥，晕倒在路上。他进当地医院做了初级检查，医生怀疑他得了胰腺癌，建议他尽快去大城市确诊。小曲没钱，只好求助于民间医生，用土法治疗。然而奇迹并没像他期待的那样出现，雪花飘舞的时候，他病情加重，腹部疼痛难忍，别说卖粥了，连行走都困难了。小曲想着自己死后，媳妇能对儿子好（毕竟那是她身上掉下的肉），可对父亲，她不会孝顺的。因为在他眼皮子底下，她还敢把剩饭剩菜端给公公，从来不把他的衣服和家人的衣服放在洗衣机里混洗，说公公身上有细菌。一旦家里缺钱了，她就骂小曲，说他把钱都给老东西买邮票贴信封了，老的和小的都是祸害精！

小曲不想让父亲在他死后，过地狱般的日子，他想趁自己还能动弹，先送走父亲。他去棉活店，给老曲做了棉袄棉裤，又买了顶狗皮帽子和一双翻毛大头鞋。上路那天，小曲带着父亲，先去澡堂子泡澡。老曲满身风尘，难得洗回澡，那池温热的洗澡水，把他洗得婴儿似的，浑身红彤彤，他们父子俩在热气缭绕的澡堂子，各自流泪。老曲是美哭的，小曲则是因为愧疚，多年来他忙于生计，很少带父亲来澡堂子了。洗完澡是近午时分了，小曲给父亲穿戴一新后，带他去了饭馆，点了老曲爱吃的酱猪蹄和红烧大鹅，还给他要了瓶好酒，让他畅快吃喝了一场，然后驾驶着一辆从朋友那儿借来的破吉普，载着父亲上路。

他们出了城，一路向西。小曲年轻时学会的开车，并无驾照。多年不摸车，他把车开得醉鬼似的，常常跑偏。好在往来的车辆少，错车时有惊无险。老曲喝了酒的缘故吧，一路上非常快活。看见车窗外的白桦树，就喊"娘子——"，看见乌鸦就叫"剑客"。他还哼哼唧唧地唱歌，旋律滑稽，歌词只一句"儿子啊儿子——"，听得小曲心痛。看着父亲满面天真的模样，他几乎要调转车头，把父亲带回烟火人间。但他想自己不在后，父亲会流落街头，没人在意他的冷暖，小曲噙着泪花，加大油门，呼啸着向前。快到刀锋岭时，他停下车，将事先准备好的一封信交给父亲，说前方有片林子，叫空色林，那里有一户姓尚的人家，这封信是投给他家的。老曲下了车，鼓起眼睛，仔细看了看那封信。收信人地址一栏写的是：乌玛山区空色林，收信人的名字是"尚天"，寄信人地址是老曲所生活的小城的邮局。老曲举着这封信，按儿子所指下了公路，乐颠颠地向深山走去。小曲跪下，对着父亲的背影，给他磕了三个响头，号啕大哭。

刀锋岭是乌玛山区著名的迷路岭。那座山岭高耸入云，

像一把锋利的刀壁立着。从乌玛山区开发时起，无论是森林勘探队、伐木队，还是生产队、知青队，都有在此迷路的人员。人们说这座山岭是旋转的磨盘，经过它的人，变成了蒙眼的驴子，只能围着它转圈。据说飞鸟经过它上空，也会迷路，所以刀锋岭上空，鸟儿总是盘桓不休。因为它强大的威慑力，无论是打猎的，采药的，还是拉柴的，都不愿去那里，所以刀锋岭的植被未遭破坏，动植物丰富。人们常见狍子从里面没头没脑地跑出来，看见刀锋岭外的松鼠在断粮的时候，去那儿寻松子。

　　小曲遗弃了父亲，从刀锋岭回返时，有种杀人的感觉，浑身冰凉，手脚哆嗦。他满脑子是父亲最后的影像，他拿着一封信，那么坚信不疑地奔向深山。刀锋岭是不是有狼？想着父亲可能成为狼的大餐，小曲心慌气短，吉普车在他身下也就成了野马，难以驾驭，左冲右突，不走正道，在一个转弯处掉到沟里。事故不大，小曲只是胳膊擦破了皮，吉普车也只是轻微刮蹭。他试图将车从沟里弄出，可他开足马力，它却纹丝不动，仍赖在那里。小曲只得上了公路，求助过往车辆。隆冬时分，公路极少有车辆经过。他在寒风中等了一个小时，才遇见两辆车。一辆是运煤卡车，司机停下车，问他有没有棕绳，可以帮他把车拖上来。小曲说没有，司机说他得赶路，撂下小曲走了。第二辆车是个轿车，车主远远见一辆吉普车掉进沟里，不想惹麻烦，所以加大油门，呼啸着从招手的小曲身边急速掠过。小曲冻得瑟瑟发抖，觉得自己这是遭了报应，不如跟父亲一起死了算了。他没有朝回城的路走，而是奔向刀锋岭。想着父亲在那里，他腿上有了力气。晚上八九点钟，他看见了远方公路的一处灯火，他犹疑着接近那座院落。一只狗汪汪叫着扑来，屋门随之打开了。小曲初见皂娘那张扭曲的脸，以为撞见了鬼，他想这是阎王爷派来收拾他的。谁想进得屋里，见父亲坐在烛光闪烁的餐桌前，正吃着热气腾腾的汤面。老曲见着小曲，抽了一下鼻涕，打着饱嗝说："儿子，可找着空色林的人家了！"

　　皂娘从那封信和老人癫狂的精神状态上，知道他是遭遗弃了。至于被谁遗弃，她想收留了老人后，再做打探，谁知小曲当夜就现身了呢。老曲见着小曲说的第一句话，皂娘一切都明白了。她并没急于谴责他，而是让他烤火，然后给他盛了一碗面，看着他吃完，这才对小曲说，再不济的，他是你爹，咱咋能干出这种事哩。小曲哭了，把心中的苦衷讲给她听。皂娘听了后说，你怕他在你死后受罪，也不能把他往狼嘴里塞啊，要不是白蹄，你就再也见不着

爹了！你放心吧，咱家白蹄把他带来了，他就跟咱有缘，不管你将来是死是活，你爹都是咱的人啦！咱会好好待他，不让他受罪。小曲感激涕零，跪下给皂娘磕头，叫了一声"妈——"。他告诉她父亲做了大半辈子的邮递员，对信最有感情。只要他发病了，塞给他一封信，让他送信去，他就听话了。

小曲回城后，病情迅速恶化。腊月时他强撑着，租了辆车，最后一次探望父亲。他送来了父亲留在家里的衣物，还有一纸箱伪装的信件。小曲勉强过了年，正月一出，人就没了，从此以后，再没谁来探望老曲了。

皂娘收留了老曲，除了白蹄，又多了个伴儿了。那时乌玛山区东部发现了金矿，开矿的来了，再加上旅游开发，过往的车辆多了，常有车主在经过她的黄房子时，朝她讨水喝。皂娘觉得这是好商机，便把家改造成小店。热茶，家常菜，自酿的烧酒，使她的小店热闹起来了。客人们进屋后，发现有个船形澡盆，吃饱喝足了，不特别赶路的，就让她烧锅热水泡个澡，松快松快。皂娘年岁大了，男人们也不避讳她，常光着身子，唤她搓澡。皂娘看他们喜欢泡澡，就在屋子东南角，间壁出澡屋，将她打造的那个船形大澡盆搬进去。

从翠岭林场迁走的人,听说皂娘开了小店,赚着钱了,有两户眼热,也回来开起客店。这样这个本该荒疏下去的地方,因这三户人家,渐渐成了驿站。那两户人家抢了皂娘的生意,她也不恼,因为老曲拿着信在翠岭林场废弃的老房子转悠时,没敲开过任何家门,他们的归来,至少让老曲有了送信之所。为免纷争,皂娘后来干脆不经营饭食了,专给客人洗澡,兼卖手工皂。她用榆木做了一块长方形的匾,将柿果捣烂,用它靛蓝的浆汁,自上而下,写上"空色林澡屋"五个字,竖立在院外。从此以后,小曲信封上那个虚妄的地名,就有了人气了。

故事讲到这里,关长河再次起身,嚷着喂马。我们说你先前不是喂过吗,关长河说刚才是豆饼,现在得给它点草吃。我们说马拴在草地上,它一低头不就吃草了吗。关长河"咳——"了一声,说你们懂啥?草里也有坏草。好草跟好人一样,不多,你得去找,好马得用好草养!关长河借着月亮光,去寻他说的好草了。大概半小时后,他回来了,身上果然携带着一股不寻常的草香。不过他湿了一只鞋子,原来他在溪边滑了一跤,一只脚掉进溪里了。他脱下那只湿鞋,放在篝火上,当咸鱼来烤,而它的确散发出咸鱼特有的味道。

空色林澡屋

不等我们催他，关长河一边烤鞋，一边把故事讲下去。

皂娘给客人洗澡，总是带着老曲，而且无论白天黑夜，澡屋都得点根蜡烛，不然老曲会不安。

客人进了澡盆，先泡上个十分钟二十分钟的，皂娘这才带老曲进去。为方便给客人服务，皂娘坐在澡盆旁的一只四脚矮凳上，老曲则与她平行着，坐在一把高背椅上。老曲手里攥块肥皂，目不转睛地盯着客人，像警察瞄着小偷。

皂娘给人洗澡，是从脚开始的。她让客人仰躺着，先洗正面。她会把客人的脚趾掰开，轻揉轻洗，好像每个脚趾都是花骨朵，得格外爱惜，不然就被碰落了，这时的她就是个花匠。洗过脚后，她变身为琴师了。她纤细苍老的十指，会将客人的腿认作竖琴，在上面轻轻弹拨，抖掉风尘。男人们腿间的私物（皂娘称之为"淘气包"），她也不避讳，她耐心而轻柔地清洗它们，就像对待婴儿一样。而洗到客人的胸腹部，她就像要为盛宴中的菜肴，找一张光亮的桌子来摆置，反反复复地擦拭，这时的皂娘就是厨娘了。洗过胸腹，她会拎起客人的胳膊，把腋窝当鸡窝来打扫。有的人害痒，会呵呵笑起来。客人一笑，老曲也笑，"哗啦哗啦——"的洗澡声，也像是在没完没了地笑。而皂娘是不笑的，她洗过胳膊，会让客人翻身，俯卧澡盆，洗客人的反面——搓背。她先是灌溉农田似的，把温水撩到人的肩背上，然后从尾骨开始向上搓，手指如翻转的浪花，层层推进，一直到后脖颈，她不断重复这个动作，不断加力，清理陈年旧账似的，将脊背的尘垢一扫而光，让它成为朝霞映照的湖面，明媚鲜润。之后她洗他们的臀部，她苍老的手就像受伤的鹰，在努力爬过高山。待到攀至峰顶，她会擂鼓庆祝似的，朝着屁股，快意地"啪啪"拍打几下，这也是让他们回转身的指令。

客人回到正面后，澡盆的水多半浑浊了。这时皂娘会起身，端来一盆温热的清水，放在她坐的矮凳上，让客人侧身，而她屈身站着，为他们洗头。她洗头很费心思，先是揉捏太阳穴和耳蜗，然后才浸湿头发，从老曲手里取过肥皂（也许是玫瑰皂，也许是松露皂，这得依据客人的喜好了），将头发均匀地打上肥皂，让头发与皂液先亲密接触着，将手移至眉毛，用指甲理顺它们，然后再修剪树木似的，仔细清理了胡须，这才去洗头发。此时的发丝经过皂液的滋润，非常好洗。皂娘洗头的时候，手会淹没在雪白的泡沫里。老曲看不见皂娘的手了，会紧张得跳起来，呜哇喊叫，急出泪来。皂娘就得抽出手，晃晃给他看。沾在

皂娘手上的肥皂泡出水后，如绽放的爆竹，"噼啪——噼啪——"地破灭，老曲见皂娘的手在皂花开放后，完好无损，这才坐回去。皂娘洗完客人的头，会把洗头水泼掉，再往澡盆加上几瓢热水，撒上晒干的野菊花瓣，丢下一条干爽的毛巾，让客人独自静默地再泡上一刻，出浴后自行擦干身体，然后她带着老曲，轻轻关上澡屋的门（如果是白天，她会先把蜡烛吹灭了），出去饮酒了。她每给客人洗完澡，都要用一盅酒来慰劳自己。

起先来洗澡的客人们，出浴后会给皂娘留下三四十块钱，后来因为来的人多，价钱自动涨到五六十块了。皂娘带着老曲受羁绊，进城采买不容易，就跟客人说在山里花钱麻烦。有心的客人便问她想买啥，可以给她捎来。皂娘说人活着最要紧的是打点肚子，吃喝最重要了。皂娘的话传扬开来，客人们再去空色林澡屋，付给她的就是吃食了。鸡鸭鱼肉，烟酒糖茶，大米白面，腊肠豆干，挂面粉丝，瓜果梨桃，油盐酱醋，甚至姜葱蒜，真是要啥有啥。

老曲跟了皂娘，就是掉进福堆了。他胖了，气色好看了，说话声音也洪亮了。他一旦发病，皂娘就往他手里塞上一封信，让他去投。怕他走丢，她会让白蹄带着他。那两户回到林场开客店的人家，不知收了多少信。他们心疼皂娘，信攒了一摞后，又悄悄给她送回来。白蹄有时想撒欢儿，就不把老曲往客店带，而是领进山里。有窟窿的树桩，在老曲眼里就是邮筒吧，他会把信投进那里。皂娘是怎么发现这个秘密的呢？有回她为了得到烧柴，扛着斧子去劈树桩，结果劈出一封信来。

皂娘知道老曲有时连人和邮筒都分不清了，对他更加体贴。白酒要给他温过，茶水绝不让他喝凉的。老曲喜欢吃带馅的东西，包子饺子和馄饨，就是她家灶上的主角。过年时皂娘一身旧衣裳，可她会在腊月带着老曲进城，给他买新衣新帽。她还会给他糊上一盏红灯笼，除夕夜往他衣兜揣上花生瓜子，让他提着灯笼出去转。

皂娘和老曲睡一铺炕，但不是一个被窝。因为老曲来后，她添置了一套铺盖，被褥枕头，一应俱全。他们洗澡时，总是老曲在先，皂娘在后。人们说起他们的事儿，无不哀叹，说要是时光倒流三十年多好啊，皂娘和老曲就能搂在一起睡了。

老曲闲下来时，爱摆弄皂娘的鼻子，他老想做英雄，把它拯救到正路上来。他揪着她的鼻子，执拗地拽向脸颊中央，就像牵一匹不听话的烈马。有好多次，鼻子仿佛是归于正位了，可他一松手，它又回根据地了，让他好不沮

丧。皂娘常被他弄疼鼻子,也是烦了,又留起长刘海,遮着那半张脸,这样老曲就放过她的鼻子了。

又过了几年,皂娘把那绺长刘海再次铰掉了,不说你们也明白的,老曲死了!

他是怎么没的呢?说是那年夏天有个客人洗完澡,出了澡屋,掏出一个巴掌大的游戏机,边玩边喝茶。老曲凑过去,见好几只骷髅头在动,大叫一声"捉鬼",之后一个跟斗栽倒在地,瞪着一双惊恐的眼睛,走了。

皂娘把老曲埋葬在黄房子西侧的松林中,逢年过节,不忘了带供品去看看他。每逢吃饺子,还习惯给他留一碗,搁在桌上。看着烛光下的饺子热气散尽,筷子没人碰,她会长叹一声,连喝几盅酒,把凉透的饺子吞掉,然后睡上一场。

皂娘依然给客人洗澡,不过带的不是老曲,而是白蹄了。她白天去澡屋,也不用点蜡了。白蹄坐在老曲坐过的地方(当然把他的高背椅挪开了),跟老曲一样机警地盯着客人,只是它手里不能攥着肥皂。谁要是在皂娘给洗胳膊时,手无意间触着了女主人的脸,它就会汪汪叫着抗议。所以入了澡盆的男人,比老曲在世时还规矩,皂娘让怎样就怎样,不敢有丝毫不恭。

白蹄老了，但它生性难改，还是做些可笑的事情。

有个客人洗完澡，做了个抽烟的动作，说要是在澡盆抽上一颗烟多惬啊。白蹄跟皂娘出了澡屋后，就把桌上的半盒香烟叼起，放进澡盆。想想人抽烟得使火，它又去灶台，取了火柴送去。客人眯着眼享受时，听见白蹄"哈咻——哈咻——"进出不停，也没理会。待到他闻到烟丝的味道，睁开眼时，发现了澡盆上漂浮着的香烟和火柴。客人笑了，捞起它们，送到皂娘面前，说你看那蠢狗干的好事。皂娘把白蹄吆喝过来，说白蹄啊，你真是狗脑袋啊，烟丝火柴进了水，等于是人绑着石头投了河，不是找死吗！看在你跟咱一样老了的分上，咱就不揍你啦。从此后皂娘把香烟搁在柜顶，把火柴放在调料架上，都是白蹄难够到的地方。不过半年以后，皂娘又把它们放回原位了，她老得胳膊抬不高，取香烟火柴太费劲了。

关于白蹄，流传着的最令人捧腹的一件事，是有个客人吃饱了过来洗澡，洗到一半，放了一连串响屁，白蹄见澡盆"咕嘟嘟——"地冒出一串气泡，来了神了，以为气泡下面有鱼经过（它跟着主人去溪边时，皂娘指点给它冒气泡的水面下，有鱼活动，它因此练就了从水泡下捉鱼的本领），白蹄兴奋地奔向澡盆，张着大嘴准备逮鱼，被皂娘

及时呵斥住。客人吓得双手捂住私物,生怕白蹄把他的宝贝当鱼给捕获了。

来空色林澡屋的,谁没点委屈呢。皂娘给他们洗澡时,那些委屈大的,算是找到了宣泄口,会痛快哭上一场。泪水融入散发着他们体味的洗澡水,就像汇入了世俗生活的洪流,他们拔脚出浴时,轻松了许多。

有个病入膏肓的中年人,怕自己死了再也不见日月,觉也不睡了,昼夜望天,说要多汲取点日月的精华,不然在另一世,会堕入黑暗之中,精神快崩溃了。他听了空色林澡屋的神奇故事后,特意来此洗澡。他是白天来的,但皂娘知道他的事情后,等到天黑才给他洗。她也没点蜡,带着白蹄坐在黑暗中,手指撩着温润的水,就像浇灌久旱的荒山,从他的脚到头,每一寸肌肤都滋润到,揉捏到,爱抚到,让他的每个阻塞的毛孔,都打开天窗。她问他感觉到黑了吗,客人说没有,他感觉全身心沐浴在光里。皂娘说这就对了,要说黑,心待的地方是最黑的,可它不怕黑。它怎么不怕黑呢,它跳,咚咚咚咚,不停地跳,这样它住的黑屋子就亮了,光也出来了。你不用找光,只要你的心好好地跳,别缩,光就能找你。也怪,洗过澡,这人归于平静,把生死看淡,彻底放下,居然战胜病魔,幸存下来。他每到腊月，会带着鸡鱼猪羊，给皂娘送来年礼。

皂娘上了岁数后，更加心疼白蹄，她想让它多陪自己几年，所以不吝惜把好吃的分给它一些。每天睡前，不管多累，她都要蹒跚着走到院子，跟白蹄打声招呼：咱俩得好好的呀，明早不许不醒来！

皂娘最怕的就是自己先死，白蹄没了主人，谁还会收留一条垂暮的老狗呢？为此她跟那两户开客店的人家，努力着搞好关系。客人送来的东西吃不了，就分送给他们，只图万一她没了，他们能善待它。两户人家都表示，开客店剩饭剩菜多，养个白蹄不成问题。皂娘再嘱咐他们，万一白蹄做了错事，呵斥它几句就是了，老狗懂人话，千万别踢它，它老了，不经踹了。还有，万一它死了，别吃它的肉，把它埋了。客店主人都撇着嘴说，一条老狗，有啥吃头？埋，肯定埋！皂娘就安心了，回头再取几块她做的肥皂，给人送去。

我记得很清楚，当我们还想听空色林澡屋的故事时，关长河抬眼看了下天，长叹一声，说月亮也是个大澡盆，它用的是银河的水，要是此刻他能飞进月亮，让皂娘给洗个澡多美啊。他那语气和神态，好像皂娘在月宫烧好了一锅洗澡水，正候着他呢。我们意犹未尽，可关长河说时候

空色林澡屋

不早了，该睡了。他起身的时候，朝我们要此行的向导费，说明天就出山了，夜里揣上钱，睡得会踏实。我们没有犹豫，按照事先讲好的，把钱如数给他。他很认真地在月下点过钱，拉长声说"对数——"，跟我们挥挥手，然后指向星辰寥落的东方，有意无意地说，明早朝着那走，就能去空色林澡屋泡澡啦。

关长河睡去了，他睡在离马很近的地方，我们在他离开后争论的间隙，还听到过他的鼾声。由于空色林澡屋只收吃食，我们先是在篝火旁，把所剩无几的罐头、干肠和饼干搜罗到一起，然后讨论去空色林澡屋的人选，因为皂娘每天只给一人洗澡，而我们只是路过，不能久留，仅一人有这福气。开始大家都沉默着，没谁主动说去，也没谁说放弃，而沉默总是风暴的前兆。

最先打破沉默的是小李，他从林业大学毕业才一年，这一路他刻意不刮胡子，留起长发，像个落魄的艺术家。也许是在大学熏陶的，他提出了一个AA制洗澡方案。五个人都下澡盆，分别洗头、胸脯、肚子、腿和脚。我们以为他开玩笑，可他认真地说，既然大家都想洗，此分配最为合理，这样每个人都能进澡屋。他说如果大家同意他的方案，他有优先选择权，他要洗脚。因为皂娘给人洗澡，是从脚开始的,那时的洗澡水最干净,而他走了一路,脚疼得很,正需按揉。我们四个比小李年长的人,觉得他这是痴人说梦,异口同声地予以否决。接下来是对领导的话永远言听计从的小许提出的方案,他说应该领导洗。我是此行的队长,那就是说让给我洗。其他人不吭声,我赶紧识时务地说这可不能搞特权,再说五人当中,有两位比我年长呢,他们应该有优先权。那两位年长我三岁和四岁的人,一个是老孟,一个是老薛。孟薛对望一眼,孟说应该抓阄,薛说拼酒量,把余下的酒喝光,谁没喝倒,就是谁的。老孟的好手气和老薛的好酒量,都是有名的,小李和小许,旗帜鲜明地反对。小李说抓阄等于绕开了问题实质,张扬中庸之道,应予摒弃。小许说拼酒量那是野蛮人的做法,极不人道。看大家争执不下,我说皂娘愿意给风尘大的人洗澡,比一比谁的风尘大,谁就去洗。老薛呵呵笑着说,泥坑的猪风尘最大!我们大笑起来,那一刻气氛是融洽的。最后大家依着我的思路,统一想法,就是敞开心扉,诉说各自的不快,比一比谁的委屈更深,磨难更大,辛酸更多,空色林澡屋就归谁享用。从我开始,按照围坐于篝火的顺时针次序,依次开讲的是:老薛、老孟、小许、小李。

我先说。先说的好处是先声夺人,可把最刺目的痛楚

当利剑亮出,让小痛楚在它面前被腰斩。我说你们看到的我,不是我,而是非我。我自幼喜欢医学,可我那做教授的父亲,认定这地球上最伟大的职业,就是做地质学家,他居然篡改了我的高考志愿,把我送入地质大学。我毕业参加工作后谈了一个女友,是中学音乐老师,可我母亲认为一个搞音乐的妻子,私生活会像五线谱一样混乱,私下约会她,愣说我有相恋多年的女友,两家早就会过亲家了,我爱的女友信以为真,一怒之下离开我。最终我娶的老婆,你们也知道,是父母为我选的图书管理员。她太古板了,一点女人味都没有。我们过了二十几年,我等于在冰窖里活了二十多年哪,那个冷啊,不是一个正常男人过的日子。你们知道吗?我老婆健健康康的,可她说她活着就是为了等死,她厌世得厉害,华服美食,自然美景,音乐美术,男欢女爱,这些能引起人愉悦的事物,她一概没兴趣。我让她去看心理医生,她反说我有精神病。跟你们说真话吧,我受不了她,几年前与初恋女友联系上了。她还当音乐老师,就是日子过得不顺,他丈夫虐待她。为啥呢?不用说你们也猜得出来,她把初次给了我,她男人新婚之夜发现她不是处女,从此酗酒,每次醉酒打她,就逼问破了她处女身的元凶,声言要干掉这家伙。她怕说出我的名字,这男人真会提刀找上门来,所以一直跟他说我得了癌症,早死了!现在你们理解了吗,为什么我父母相继去世后,我的精神状态反而比以前好了?因为他们再也不能干涉我的生活了!你们说我这半辈子,活得苦不苦?

我以为自己的情感经历,泪迹斑斑,能引起大家同情,谁料先是小李冷笑一声,说队长看着挺聪明的,没想到是个窝囊废!谁让你当木偶啦?是你愿意啊,不是活该吗?两个人能过就过,不能过就散,你和音乐老师现在也可以重温旧梦呀,这算什么苦呀?接着老孟"哼——"了一声,说你老婆再冷,这冷宫不是给你孕育了个儿子吗?她要真是冰窟窿,啥种子能发芽啊?这一老一少,呛得我哑口无言。

接下来大倒苦水的是老薛。他像个说书人,清了清嗓子,拍了一下大腿,揉了把脸,说你们看我这张跟黄土高坡一样的脸,就知道我遭过多少罪吧?我年轻时挖过煤,每天下井的感受你们知道吗?就跟被人抬进棺材一样,随时有被埋掉的危险。为脱离这地狱似的环境,我跟爹娘说,给我半年时间复习吧,让儿子能从地下升到地面,享受到阳光,不然这一生太黑暗了!我家那时穷成啥样呢?房子是漏的,铺盖不够用,米缸常常是空的,肥皂和灯油都使

不起，我要是不挖煤，一家人可能会断顿！但爹娘听我这么说，还是咬牙同意了。我没黑没白地复习，也是争气，当年就考上了大学。我得感谢那时大学为贫困生设立的助学金，没有它，我很难读下来。不瞒你们说，大学时我没添过一件衣裳，吃的是最差的饭菜。大学毕业参加工作后，我挣的钱大都贴补老家的父母了，依然清贫。不怕你们笑话，米面油盐、牙膏厕纸，甚至内裤袜子，无论什么，我都得精打细算，买最便宜的。好在那时单位分了套小房子给我，我才娶上媳妇。就因家庭条件差，媒人给我介绍了四个对象，只有暖瓶厂的一个工人看上我。谁看上我，谁就是我的福音书，我娶了她。接下来的故事你们也知道的，她生的是龙凤胎，对别家而言，这是喜事，可对我们来说，抚养一双儿女成长，天天都得爬坡过日子。后来暖瓶厂黄了，她下岗了，家中用度，全靠我一人了。日子本来过得就难，偏偏我娘得了癌症，把我仅存的一点钱，都烧到手术台上了，命却没保住，我爹受了刺激，高压天天都在二百徘徊，最终中风偏瘫，这样我只得把他接进城伺候，因为妹妹嫁了人，我们那里的风俗，女儿是可以不赡养老人的。你们想想吧，一套四十平方米的屋子，老少三代挤在一起，是个什么景象！阳台就没晴朗过，天天吊着洗的东西；为了省下买青菜的钱，我家冬天以腌菜为主，本来不大的厨房，摆满了酸菜缸咸菜坛，没个好气味。队长嫌你爹娘干涉太多，给你改了高考志愿，可他们给你遗留了大房子，你再不痛快，也是在大房子里敞敞亮亮的不痛快啊。我呢，伺候生病的老的，还得掂掇这俩孩子上大学的学费，就差卖血啦。说真的勘察结束，最伤心的是我了，我不愿意回到城里那个小屋子啊，爹在哼哼，媳妇苦巴着脸，我就像在垃圾堆旁找食儿的秃鹫，哪有什么尊严啊。我爱喝两口酒，就想麻醉自己，可我他妈的就是醉不了，心里好像绷着根弦，千万不能倒下。我一倒下，我家就相当于公司破产了。我愿意待在大自然里，这里随处可扎营，我愿意住多大的屋子就住多大的，喝水不用交钱，烧饭不用交煤气费，太阳月亮没有被雾霾遮蔽，黑白都有灯使，电费也省了！老薛说到此时，声音颤抖，用手蒙住脸。他是否哭了？那晚西去的月亮，也许比我们看得更清楚。

  轮到老孟说话了，老孟先是对老薛说，管咋的，你还有爹可伺候着。爹是什么？是太阳啊。有爹在，他就是再磨人，相当于乌云遮住了太阳，背后还是亮堂的哇。你们不知道，我是个遗腹子，爹连张相片都没留下，我不知他长啥样。我娘带我改嫁后，继父对我的狠，三天三夜也说

不完哇。继父一打我,你们知道我干啥?我就坐在镜子前,对着自己的脸,在作业本的背面画爹。我画完一张,就偷偷给我娘看,我娘一摇头,我就知道画得不像。只是有一回,我拿着画像给娘看,她一看就落泪了,我知道自己画对了,这张画像我一直留着,结婚后把它镶上,除夕在家里的香案上摆上相框,给爹磕头拜年。我长大后不止一次问娘,我爹咋死的?娘总是回一句,他寿路到了。直到我娘去世后,我小舅才对我说出实情。饥荒年代,我爹为了给怀孕的娘找吃的,惦记上了盘在村中井壁的一条蛇。他趁晚上井台空荡的时刻,腰间缠了绳子,带着自己用树杈做成的捕蛇器,去了水井。结果爹没捕到蛇,反倒让它咬了。中了蛇毒的爹,挺了一天,就没气了。那条咬他的蛇,从井壁消失了。村里就这一口井,村人说我爹碰那条蛇,触怒神灵,从此喝这口井水的人都会遭殃,逼我家另打一口井,还不准爹落葬。村中几个瘦得皮包骨的汉子,把我爹抬到山坳,说是惩罚他,让他暴尸荒野,实则把他当成诱饵,打的是捕猎的主意。我小舅说闹饥荒那会儿,村人把能吃的树都啃秃噜皮了,没啥吃的啦,动物也少,飞禽走兽极难见到。那几个男人在爹身上,设置了各种捕鸟和捕兽的夹子。那段时间,去爹尸首旁等猎物的,接二连三。

爹最终为村人猎获了七只乌鸦,两只鹰和一条狼,听说爹最后只剩下几根骨头。村人不能再用我爹做诱饵时,撇下他回村了。我娘生下我后,去山坳寻爹的尸骨,可她一根骨头也没捡着。我小舅说捕获的猎物,让村中濒临死亡的人,活了下来。他们也感念我爹,给我娘分了半只乌鸦。不是这半只乌鸦,我娘都没力气生下我。我不敢想爹的尸首做诱饵的情景,你们没发现吗,这三年来,我头发掉了多半,自打我小舅跟我说了实情后,我整宿地不睡,一闭眼就是乌鸦老鹰的影子。所以你们明白了吗,这一路为啥我听见它们的叫声,就心烦意乱?唉,要是皂娘能给我洗回澡,把憋在心里的委屈洗淡一点,我也不枉在这青山绿水中走一回!

老孟的诉说,应该是打动了在场的每个人。因为大家以哀悼的姿态,低下头来。最终是老薛先抬起头来,叹息一声对老孟说,毕竟都是过去的事了,现在你家过得多好哇,老婆有个好工作,儿子考上了北大,你家的日子,比这团篝火还红火,谁不羡慕啊。老孟说完,拍了一下小许的肩膀,示意该他说啦。

小许一张口,还是强调应该让领导洗。如果领导一定让给手下人的话,谁身上的味儿最难闻,谁就去洗。老薛

首先反对,说你小子脚丫最臭谁不知道?老孟也反对,说别人都讲委屈,你不能绕过,绕过就等于刺探了别人的隐私,把自己深藏起来,这是叛徒的行为。小许被逼无奈,说他此生最大的委屈是入赘。他家在农村,在城里买不起房,只得娶了个有房的城里人。他老婆在京剧团做剧务,有演出的日子,他们就得分床睡。因为她爱舞台上扮相俊朗的小生,演出当晚回到家,她还痴迷着角色,看小许便百般的不顺眼,他就得给她个心理调整期,分居一两天,让她能够从虚幻的舞台,回到柴米油盐的日子。小许说入赘的男人,就是做了战俘,终生不得翻身。

最后登场的是小李,他先申明他的委屈,不是个人的,而是一代人的,所以他是在争取一代人洗澡的权利。小李说,不管你们有多大的委屈,你们居有定所,毕业后组织给分配了工作,医疗有保障,手捧铁饭碗。我们这代人呢,赶上了高房价,高物价,高污染空气和水源的时代。像他这种毕业后找到工作,算是幸运的。很多大学生,毕业就等于失业了,成了啃老一族。蜗居在父母家中,被他们苍老的翅膀护卫着,怀揣简历,奔波在路上找工作,在夹缝中求生存,这样的青春岁月,就像在荒漠中跋涉,该是多大的委屈!小李说以他为例,他一个月的工资三千六百块,去除每月房租一千二百块,伙食费一千块,水电煤气费三百块,上网费电话费两百块,看电影、日常生活用品等两三百块,再加上人情往来,真是属于月光一族了。即便贷款买房,五六万的低首付,对他们来说也是天文数字,不要说成家生孩子了。他大学同学中,毕业后唯一结婚的,是个叫方超的人。方超在城里找不到工作,干脆回乡开了养鸭场。他父母说早知道他回来养鸭,就不让他上大学了。方超找了个开鞋店的姑娘,日子过得挺踏实。小李说得兴味寡然,我们也听得兴味寡然。我对小李说,每个人都讲了各自隐秘的事情,你总得说出一桩,不然月亮都不饶你!小李哈哈笑了,指着滑向西天摇摇欲坠的月亮说,你瞧它困得都要回屋睡了,哪还顾得上咱们这帮说委屈的傻瓜!一定让我说一桩的话,我告诉你们,我的女友大学毕业去西北支教了,原想着两年支教结束,她会回城和我团聚,可是三个月前她突然告诉我,她爱上当地公安局的一个警察,打算留在那里了。她说凡是支教期满主动留下的教师,当地政府会分给一套两居室的房子。我们好了三年,一想到我爱的女人,一生要经受大西北狂风的吹打,我就心痛!我们同居过,她喜欢吃黄瓜,身上总带着一股清香味,现在我夜里睡不着时,真是奇怪了,总能闻着黄瓜香味儿,

真是让人伤心哇。小李说完,脸上浮现出奇怪的笑容。

那晚在场的人都道出了委屈,接下来就是品评谁的委屈可以下澡盆接受洗礼了。我们像是一群在婚宴上抢糖果的孩子,争得面红耳赤,互不相让。最后伤了和气,谁都没进帐篷,散开后各自展开睡袋睡下了。关长河的离开,我们毫无察觉。总之早晨醒来,飞舞着阳光的松林里,关长河和他的马,就像昨夜天空的浮云,踪影皆无了。

我们在失去向导的情况下,向着东方,艰难走出森林。出山后果然在公路旁见到一个小驿站,那里有两家客店,提供简单的吃食。我们分别向主人打听空色林澡屋,打听皂娘和白蹄,他们一脸迷惑,说不知道。我们不相信,返程途中,只要遇见乌玛山区的人,不管他是放马的、护林的、运煤的,还是采山的、种地的、打草的,都会问空色林澡屋在哪儿?可是无一例外,他们都跟我们摇头。

我们的勘查任务完成得堪称完美,各项数据的获取非常翔实,可是我们离开乌玛山区回城后,莫不垂头丧气的。老孟老薛在单位见了我,都躲躲闪闪的。小许则变成了絮叨的老婆子,见了我一遍遍地解释,入赘其实对他来说不算啥委屈,他老婆待他挺温柔的。总之,大家都有说出秘密后,那种难言的空虚和后悔。

有一天下午小李来我办公室，送关于乌玛山区水文方面的勘查报告，这是此行他负责的内容。我问他与大西北的女友真的彻底断了吗？如果忘不了她，还是要去争取。因为在青春时代错过爱情，婚姻很容易坠入世俗的泥潭。小李眨着眼笑了，先拱手对我说领导对不起了，接着告诉我他与女友间的悲催爱情故事，是被逼无奈，依照报纸上看到的一条消息，编排到自己身上的，他还没女友呢。

小李见我惊愕不已，说其实关长河讲的故事，也未必真实，不然他为什么在说完空色林澡屋的故事后，不辞而别呢，因为他无法带我们抵达那里。小李还说，他也不大相信那天大家诉说的委屈，真正的委屈，不是那么轻易道得出来的。而能说出的委屈，因个人处境和地位的不同，自然也做了种种修饰或伪装。

小李的话令我动气，我将那份乌玛山区水文勘查报告甩在办公桌上，冲小李吼，你在怀疑老薛老孟和我编瞎话？小李说领导息怒，我不是不信任你们，我是不信任那晚的场景，它太像电影了！关长河是个好猎手，更是个高超的导演，他把我们往一个情境里赶，就像把猎物圈在他的围场里，他都不用举枪，我们个个中弹，和他故事中的人物，一起成了演员。

空色林瀑屋

　　小李是什么时候离开的，我毫无察觉。我在办公室，从下午呆坐到黄昏，无论是敲门声还是电话铃声，一概不理。下班后我给老婆打电话，谎称出差，告诉她晚上不回家了。我找了这座城市最偏僻街巷的一家小酒馆，要了油焖河虾、酱焖酥鲫鱼和啤酒，自斟自饮。在小酒馆吃喝的，还有四个出苦力的人，他们显然是进城打工的农民，头发乱蓬蓬，裤子满是灰土，衣裳汗渍斑斑，脚下的绿胶鞋散发着臭烘烘的气味，但他们热情洋溢，高声说笑。他们点的菜比我重口味，麻辣螺蛳和红烧猪大肠是主菜，配菜是花生米和海带丝，一瓶老白干四人均分，一人一海碗米饭。他们连吃带喝，胃口极佳，杯盘碗盏，最终丝毫不剩，光可鉴人，好像刚从洗碗机中出来似的。他们结账，居然采用AA制方式，每人花费三十二元。他们离席时，其中一人看了我一眼，说兄弟一人喝酒多没意思呀。我顺势请他们喝啤酒，四人也没忸怩，一人要了一瓶，开瓶后对着瓶嘴，站着一口气喝光，然后快意地谢我。其中有两人还说了祝福语，一个祝我买彩票中奖，一个祝我早日抱上孙子。

　　我学着那几个民工，把盘中菜吃得光光的，酒也喝得一滴不剩，飘飘忽忽走出酒馆。夜已深了，我去附近的一家快捷酒店登记住宿。一口黄牙的老板娘扫了我一眼，问就你一个人住？我说是。她诡秘地一笑，压低声说我知道你们这些男人是来干啥的，我帮你联系小妹吧。你喜欢啥样的？我告诉她，我不喜欢小妹，我喜欢老婆子。有个老婆子叫皂娘，你要是能把她请来，给我洗回澡，我就付她五星级酒店的房费。老板娘把钥匙牌"啪"的一声摔在柜台上，不再理睬我。

我拎着钥匙，沿着逼仄狭窄的楼梯进了鸽子笼似的房间，一头扑倒在床上。这时手提电话铃响了，我很想在此时跟谁说说话，按了接听键。电话是个男人打来的，他很客气地自报家门，说他姓邰，是乌玛山区林业局帮我们请向导的人，我们见过一面，下午他给我打过两个电话，我没接听，而他要说的事情紧急，所以占用我休息时间再次打来了。老邰先问我关长河一路用了多少颗子弹？我想都没想，说了个"二"字。他迟疑一下，说你说的是"二"，还是"十二"？我捋直舌头，强调是"二"。他微妙地叹息一声，再问关长河的猎枪，是在与狼搏斗中损毁的吗？我"霍——"地从床上坐起，说我不知情，因为出山前夜，他撇下我们，和他的马消失了。老邰沉吟一下，说关长河告诉他们，出山前夜勘查队在营地遭遇到狼群袭击，他为了保护我们，独自与狼群奋战，猎枪废了，弃在山中，不能

归还，而他总共用掉十二颗子弹，所以行程结束，他只还回了十八颗子弹。现在需要我们出具一份材料，证明这位向导，在我们勘查过程中协助我们完成了任务，猎枪是因保护我们而损毁的，子弹用掉了十二颗。因为猎枪是从派出所借的，不还回去，当地林业局有责任，而关长河也会因此被视为持枪的危险分子。

我抓住这个机会，问他知道关长河电话吗？我有事想跟他沟通一下。老郜说关长河从来不用电话，想找他，得通过他人去寻，他常年在山中游荡。我又问关长河有家吗？老郜说他是个弃婴，当年被人扔在山上的鄂伦春营地，所以他是鄂伦春人带大的。至于他是汉人还是鄂伦春人，无人知晓。但从他的体貌特征来看，他应该有鄂伦春血统。他至今未婚。我再问老郜，听说过空色林澡屋和皂娘的故事吗？老郜很干脆地说没有。末了他嘱咐我尽早把证明材料写好，加盖公章，用特快专递寄来，收件地址他随后用短信发送到我手机上。我一边答应，一边乞求老郜，如果见到关长河，务必把我的电话给他，请他回个电话，老郜勉强地说好吧。

为了给关长河写那纸证明，我们勘查队一行五人又聚集在一起。我转达了老郜的话，希望大家充分发表意见，达成共识后出具证明。小许首先表态，他说领导怎么办，我都没意见。老孟说那晚没听见狼嗥，所以猎枪是在与狼搏斗中遭损毁这一条，写时要慎重。老薛也说，关长河显然是在撒谎，即便他遭遇了狼群，他有子弹，只要开枪，驱狼那不是轻而易举吗，何至于把枪当长矛使，与狼短兵相接呢？老薛老孟观点的不谋而合，至少冲淡了归来后，弥漫在大家之间的冷漠情绪。轮到小李，他爽快地说当地让怎么写，就怎么写呗，毕竟关长河一路上为我们立下了汗马功劳。现在假证明满天飞，又不差这一张。小李还分析说，关长河当初嫌配给他的子弹多了，显然那时他还没有私吞子弹的想法，如果他说用掉了十二颗子弹，只有两种可能，他后来改变了主意，想留下猎枪和子弹，所以提前离开我们，对当地林业局虚构了狼群的事情。还有一种可能，就是这一切都是老郜策划的，关长河是他找来的向导，老郜想私藏猎枪和子弹，于是让关长河编瞎话。小李的后一种分析，让我们这些比他年长许多的人，为之侧目，他的判断不是没有道理的。大家多方权衡，反复推敲，最终形成的证明材料中，关于猎枪和子弹的内容，用的是模棱两可的句子：我们在勘查途中几次遭遇野兽袭击，向导关长河用猎枪为我们解除险情，动用了相应数目的子弹。

空色林澡屋

我将出具的证明材料加盖公章,特快寄出。

三天后我给老郜打了个电话,想问问他是否收到证明,再打听一下关长河。可我拨了几次电话,老郜始终不接听。直到下班时刻,他才简短回复了一条短信:证明收悉,诚致谢意。

这样的回复,就是告别语。我知道通过他寻找关长河,是不可能的了。

我试图让生活回到正轨,或者说是回到平庸中,可是当空色林澡屋的故事像一道奇异的闪电,照亮了人性最黯淡的角落后,我的整个生活就被它撕裂了。我在空洞的光阴中,能感受到它强烈的光明,不禁又寻着这光明而去。我把春节的休假,放在了乌玛山区。

这次没有任务在身,我谁也没找,就是一个轻松的背包客,一站一站地行进。越向北走,旅人越少。在路上折腾了两昼一夜,除夕夜我到了乌玛山区。那里正是漫天风雪的时刻,披挂着白雪的连绵起伏的山峦,看上去像无尽的白色毡房,很有烟火气的样子,而其实人烟寥落。越往乌玛山区深处走,寒流越强,景色也就越壮美。我每到一处驿站,都要打听空色林澡屋和关长河,很多人知道关长河,都说他很难找到,但没人知道空色林澡屋。我每离开有手机信号的驿站，都会把自己的电话号码，留给驿站主人，求他们见到关长河后，请他给我回个电话。

我就这样搭乘各色车辆，与乌玛山区冬天特有的麻雀和乌鸦为伴，在茫茫山林中寻找了六天，经过了多个驿站，直到返程在即，也没有见到关长河，更不要说空色林澡屋了。但我收获了辽阔的天空，清冽的空气，洁白的雪，满天的繁星和每家驿站灶上的热汤，它们胜过最璀璨的城市灯火和最丰盛的年夜饭，是我此生过得最知足的一个年。

离开乌玛山区的前夜，我在一家林场酒馆怅然饮酒，手机突然响了，我迫不及待地接起来。送话器先是传来一阵风声，接着是一个人沉重的喘息，一个苍凉而熟悉的声音随之响起，我立刻听出，他就是我苦苦寻找的关长河！他劝诫我不要找皂娘和白蹄了，谁也找不着空色林澡屋的。我急切地问为什么，关长河沉吟一下，说其实当时他应该对我们说真话的，皂娘遭人举报，指控她在深山搞色情服务，去年深秋她带着白蹄，乘着那个大澡盆，从青龙河顺流而下，不知漂荡到哪里去了。我万分愤慨，说一个老太婆怎么可能搞色情服务？关长河深深地叹息了一声，又说也有人告诉他，皂娘是洗不动澡了，所以她带着白蹄，去没人的远山修行了，她什么时候回空色林澡屋，那得跟看

流星从夜空划过一样,靠机缘了。也许很快,也许数年。我再问他为什么提前一夜离开我们?他真的遭遇了狼群吗?猎枪和子弹还在他身上吗?关长河只回了一句:咱把那个带帽遮的鹿皮小帽给弄丢了。

我以为他以"咱"自称,会以皂娘的说话方式,跟我多聊一刻,可他似乎厌倦了追问,不再言语。听筒最后传来的只是"呵呵"的声音,像他的笑声,更像那一刻横贯天地的风声。我的眼前闪现出戴着鹿皮小帽的关长河,他顽皮起来像个少年。而当他眯起一只眼时,他就是在打量你了。

关长河挂断电话后,我赶紧回拨过去,可是无人接听。再拨,接电话的是我途经之地的某个驿站的主人了,他告诉我关长河今日黄昏路过此地,他告诉关长河,有人在找他和空色林澡屋,关长河说找空色林澡屋的人,一准是喜欢和星星一起过日子的人。驿站主人掏出手机,劝他给我回个话,可他执意不肯。驿站主人为了促成通话,特意陪他喝酒。一瓶酒落肚,关长河面色和悦了,主动抓起手机,出门给我打电话。驿站主人说,关长河还回手机,我们通话的一瞬,他已经骑着鄂伦春马,离开了驿站。

我谢过这个热心的驿站主人,出了酒馆,迎着冷风,仰望银河。银河在夜空正以长剑的姿态，洒下亘古的光明，傲然插在茫茫雪原上，期待它以英雄的名义命名它。

不管空色林澡屋是否真实存在，它都像离别之夜的林中月亮，让我在纷扰的尘世，接到它凄美而苍凉的吻。我只身从乌玛山区回城后，生怕自己有一天会因这样那样的原因，淡忘了它，于是用七个夜晚，把这个故事记录下来。因为是复述，故事的情境和人物的对话，难免有语意的微妙差异；而因为一些当事人与我相熟，所以我将他们的真实姓名隐去了。其实真名和假名，如同故事中的青龙河与银河，并无本质区别。因为它们在同一个宇宙中，渡着相似的人。

2016年6月哈尔滨

泥霞池

第一章

陈东跟着宋师傅走进泥霞池，第一眼看见的，就是洗衣妇。

她坐在五月的黄昏中，背靠着一截黑黢黢的树桩，守着个莲花形的大木盆，吭哧吭哧地洗着衣服。天还没热起来，可她光着脚丫，穿着散腿的半截裤和短袖衫，好像一个人在炫耀家底似的，将粗胳膊肥腿尽情露着，身上散发着淡淡的皂香味。

洗衣妇置身的小院，是由三座红砖的平房围起的，呈"Π"形。最大的那座朝西，敞着门；另两座是耳房，一南一北地相对着，闭着门。由于耳房要矮一些，又小，它们看上去就像是西房门前摆放着的两盏宫灯。院子朝东的方向拉着一根晒衣绳，上面搭着两条蓝格子床单。

宋师傅说："小暖，洗衣服呢？"

洗衣妇"哦"了一声，将搓衣板上的蓝衫打了一下肥皂，直起腰来。她一旦坐端正了，整张脸就像从乌云中钻出来的满月，明亮而动人了。别看她身上团团簇簇的肉，她却生着一张清秀的瓜子脸，娥眉，月牙嘴，杏核眼。

宋师傅拍着陈东的肩膀，介绍说："这是我徒弟，是个小帅哥吧？"

洗衣妇懒懒地扫了一眼陈东，没头没脑地说了句："青苗。"咳一声，低下头，接着洗衣裳了。宋师傅笑着对陈东说："她这是说你嫩呢。"

陈东瞥了一眼洗衣妇，心想："你才嫩呢，我看你要是跌破腿的话，伤口往出滋的不会是血，得是水。"

他们从洗衣妇身边经过，进了西房。

一进门，便看见左侧立着一个高高的柜台，上面放着茶壶、纸扇、台历、剪刀、烟灰缸、针线盒等物品，柜台

里侧呢，撂着一把黑色的皮椅。这把皮椅不是被人坐久了，就是买的旧货，皮开肉绽的，破烂不堪。门的右侧，摆着一台电视机。房子两端被间壁起来，做了浴池。北侧入门处挂着白底红字的"男池"布帘，南边挂的则是"女池"布帘，绿底白字，好像女人们洗澡用的是春水。虽然这屋子左右各被斩了一刀，但余下的空间还是很大，这里被主人改造成了住宿的地方，搭了三套板铺。贴着西墙的板铺又宽又长，摆了八九套行李，南北两侧的则显局促，各摆着三套行李。板铺下是一溜脸盆和小板凳。

　　宋师傅是泥霞池的老熟客了，他一进屋，就大声嚷着："老板娘，我把徒弟领来了！打今儿起他在这儿住到秋天，你不请我喝两盅啊？"

　　"你白洗了两回澡了，还欠我钱呢，我不朝你要了，就当给你买了瓶高粱烧酒了！"从男池里先是传出一个老女人粗声大气的应答，跟着，一阵"啪嗒啪嗒"的脚步声响起，门帘一撩，一个又高又瘦的马脸女人，一扭一扭地出来了。她趿拉着拖鞋，手里拿着一个药瓶，上穿米色网扣衫，下穿咖啡色花裤子，看人时瞟着眼。她的脸虽然拍了厚厚的脂粉，但还是掩饰不住纵横的皱纹。她那文过的黑眉和涂得鲜红的嘴唇，在陈东看来就像是两绺对峙的匪徒，要发生一场恶战的样子，整张脸给人凶险的感觉。

她把药瓶重重地蹾在柜台上，"哎哟"了一声，说："宋师傅，你这徒弟长得怪招人稀罕的，他十几了？有对象没？要是没有的话，我在城里帮着找，凭他这模子，俊俏姑娘一把一把地抓！"

宋师傅说："这孩子十九了，在上林有对象，那姑娘开着糕点店，模样好，不缺钱，单等到了结婚的年龄，就把人往洞房迎了！"

老女人啧啧叫着："我说嘛，好小伙儿总会让人抢了先！"

宋师傅指着药瓶问："这又是谁拉下东西了？"

老女人说："哪知道呢，今天来了好几十个洗澡的呢。反正拉在浴池里的，没好货！不是刮胡刀、洗头膏，就是烂毛巾、破梳子。钱包和手表这些金贵物件，那就是男人养的二奶三奶，他们一天到晚惦记着，没个丢！"

宋师傅打趣道："你是说烂毛巾和破梳子是男人的大老婆了？"

老女人"呸"了宋师傅一口，说："快交钱吧！"

陈东在路上听师傅讲过泥霞池的规矩，就是一日一结算，住一宿儿十块，如果洗澡的话，再加三块。而他们对外的洗澡价钱是五块。

宋师傅掏出十块钱,陈东掏出十五,老板娘明白他这是想洗个澡。她夸赞陈东:"到底是年轻人啊,爱干净!不像那些老灰土驴,浑身是泥也能睡着!"说着,从裤兜掏出钥匙,打开柜台下的抽屉,找了两块钱给陈东。

板铺上的行李很整洁。这在私人开的旅店来讲,实属难得。陈东听宋师傅说,泥霞池的生意之所以好,都是因为有个洗衣妇。她不仅把浴池打扫得干干净净,还隔三差五地拆洗被褥。凡是住在泥霞池的客人,都可以享受免费洗衣的服务,所以这儿的铺位很少有闲着的。

宋师傅说,那些微微鼓起的铺位,都是有人住的,客人习惯把换洗衣服或是随身物品掖在褥子底下。陈东看到南侧最靠边的铺位很平展,便走过去,掀起褥子,见下面果然光光溜溜的,知道它没主子,就把旅行包放上去。他取出拖鞋和毛巾去洗澡的时候,老板娘说:"新来的,你要洗啥,就脱下来丢给院子里那个洗衣服的,她白给你洗!不过她只给人洗外衣外裤,不洗背心裤衩和袜子,你可记着啊。"

陈东的衣服并不脏,但因为洗衣妇说他是"青苗",他气得慌儿,便把外衣团了,走向院子。

洗衣妇背对着陈东,正站在晒衣绳前,"啪——

啪——"地抖搂着刚洗好的衣服。随着身体的摆动，她那浑圆的屁股一撅一撅的，脑后的马尾辫也跟着一翘一翘的。她把衣服的褶痕抻开，"唰——"的一声，将一件蓝衫轻灵地搭上晒衣绳，然后甩了甩手，转过身，慢吞吞地走回来。

陈东看着她走近了，就把衣服撇在洗衣盆旁。洗衣妇扫了一眼陈东，俯身捡起那件衣服，蹙着眉，放到鼻子底下闻了闻，说了句"一股公羊味儿"，然后扔到盆里，坐下，洗了起来。

陈东笑了，他得意地想："这回知道我不是青苗了吧？"

陈东打着口哨进了男池。男池里蓝色的地砖，白色的墙砖，让人觉得脚踩蓝天，身披白云，分外逍遥。临到晚上，小锅炉不烧了，水箱里存的热水也少了，水只是微微温着，莲蓬头的出水量也不大，让陈东有上当的感觉。不过他心情挺好，这是他来城里做工的第一天，活儿干得顺利，收工也早。师傅领着他，到一家回民小馆吃了羊蝎子火锅，他还跟着师傅，喝了几口酒呢。

春天的夜晚虽然比冬天时来得要晚，但夕阳消失后，天地间可仰仗的光明也就消失了，很快，黑夜来了。陈东洗完澡出来，天色已昏暗了。师傅不在，但屋里多了两个人，一个仰躺在铺上抽烟，一个坐在铺上吃东西。宋师傅

嘱咐过陈东,住在泥霞池的人,你不能问人家从哪儿来,做什么的,除非他们自己想说,所以陈东只是朝坐着的那人点了下头,便爬到自己的铺位上,一身清爽地躺下来。

泥霞池离火车站近,能听到火车的轰鸣声。这声音"嚓嚓嚓"的,好像火车跟大地窃窃私语着什么。毕竟累了一天了,不管环境多么嘈杂,陈东还是睡着了。一觉醒来,已是九点,宋师傅回来了,他神情愉悦地扔过来一个苹果,说:"洗了,吃吧!"

陈东坐起来,啃着苹果。屋子里又多了几个人,他们有的躺在铺上,有的坐在小板凳上看电视。这些人大都偏瘦,肤色黝黑。陈东想,人们大都是出苦力的,整天在外风吹日晒的,胖不了,更不可能白净了。

洗衣妇抱着一摞枕巾进来了。她一来,屋子的气氛就活跃了。躺在铺上的人坐了起来,看电视的也把头扭向她。有两个人都问她:"小暖,今晚你有酒喝吗?"问完,都嘿嘿地笑。

洗衣妇不搭腔,她撇着嘴,赌气似的甩掉拖鞋,爬到铺上。她把脏的枕巾取下,将干净的换上去。当她换到西窗下的一个铺位的时候,她趴下来,抽出行李下的枕头,摩挲几下,叹息一声,这才把枕巾换上去。

她干活是麻利的，十几个枕套，很快换完。她跳下铺，光着脚寻到拖鞋，趿拉上，将换下的枕套拢在一堆，抱着往外走。

一个生着金鱼眼的人问她："小暖，耿师傅好多天没回来了，他到底去哪儿发财了？你不想他啊？"

洗衣妇边走边摇头。

"你说不想那可是假的！"金鱼眼说，"我刚才看见了，你摸耿师傅的枕头了，想他想苦了吧？"

洗衣妇站定，冲着金鱼眼说了声："我没长苦胆，不苦！"

大家笑起来。笑声中一个瘦高的光头将一件咖啡色的长袍搭到洗衣妇肩上，说："我都穿了半个月了，你再不给洗，我就不在这儿住了！"听他的口音，不是本地人。

洗衣妇摇晃着身子，抖掉那件长袍，气咻咻地说："我就是不洗假衣服！"

陈东正纳闷衣服怎么还有假的时候，洗衣妇又冲着光头说："你不是庙里出来的，敢穿它？！"

原来，这是个假和尚啊。

吵闹声把老板娘引来了。她手中夹着根细长的香烟，看着落在地上的袍子，明白怎么回事了，她并没有呵斥洗

衣妇，只是拖着长腔叫了声："小暖——"洗衣妇就像听到狮吼似的，腿打起了哆嗦，赶紧点着头，说："洗。"

光头得意地捡起长袍，再次搭在洗衣妇肩头。她的肩膀抽搐着，扛着它，一歪一斜地出去了。

老板娘将胳膊肘支在柜台上，往烟灰缸里弹着烟灰，说："昨晚上，水秀街的仓买被盗了，我可跟你们说好了，片警专盯着住在小旅店的人，指不定什么时候来查身份证，你们可准备着点！"

金鱼眼说："小暖要是不喝酒，片警才不会来呢。小暖喝多了，他才会进泥霞池当活神仙呀。"

他的话让大家爆发出热烈的笑声。

老板娘显然生气了，她狠狠地在柜台上拍了一掌，用威慑的口吻说："有什么好笑的？小暖喝多了砸东西，什么家抗她这么砸？我不叫片警来管治她，行吗？我可跟你们说，有两家浴池的住宿费都涨了，一宿儿十二块了！我看你们不容易，才没涨价的。你们摸摸自己的良心，十块钱如今能干什么？你们白喝着开水，白看着电视，小暖又白给你们洗着衣服，难道水不是钱，电不是钱，烧水的煤不是钱，洗衣的肥皂不是钱？！"

屋子静了下来，大家都有些兴味索然，坐在铺上的人打起了呵欠，躺倒了，电视机前的人拎起板凳，把它们放回板铺下，灰溜溜地爬上铺了。正当气氛压抑的时候，门外传来脚步声，很快，一个弯弓着腰的男人进来了。他急慌慌的，满头是汗。一见老板娘，就像见着救星一样，说："我下晌洗澡时，拉下个药瓶，捡没捡着？"

老板娘瞟了他一眼，眉毛一挑，说："没看见啊，你说说那药瓶什么样子？治什么的？"

"药瓶能是什么样，药瓶还不都是一个模子——"那人比画着，"圆肚子，半拃高，这药我晚上睡觉前得吃，要不整宿整宿睁着眼睛！"

老板娘笑了，说："你神经衰弱那么厉害呀，接着！"说着，抓起柜台上的药瓶，撇到他怀里。

那人"嗨哟"着，用胳膊肘兜住药瓶，就像捡着个宝贝似的，乐了。他拧开药瓶盖儿，哗啦啦地将药片倒在掌心，一五一十地数了起来，当数到"十四"时，他咕哝了句"没少"，长吁一口气，将药瓶盖好。

老板娘变了脸色，她"呸"了一声，数落着那虾米似的男人："霍老二呀霍老二，你说我沈香琴就是再抠门的话，也不至于昧下你的药片吧？你还好意思当着我的面数！这药就是长生不老药，我也不会偷吃吧？"

"那是，你要是偷吃长生不老药，月亮里就有热闹看了——两个嫦娥在里面，还不得打架啊？"他这话把愠怒的老板娘说得没脾气了。

霍老二接着对老板娘说："我怀疑谁，也不能怀疑你啊。主要你这泥霞池住的人杂，我才不放心的。"

他的话音才落，宋师傅就厉声说："姓霍的，你说清楚了，我们住在泥霞池的人，哪个是偷鸡摸狗的?!"

金鱼眼也火了，他腾地坐起来，骂："也就你个一肚子坏下水的人，还得靠吃药睡觉吧，我们心底干净，躺下就着！"

一个刀条脸的人放下正喝着的酒，一边拧上酒壶的盖儿，一边结结巴巴地说："别、跟、跟他、费、口舌，杂、杂种操的，揍、揍他个屁的！"说着，一抹嘴跳下铺，鞋也没穿，光脚奔向霍老二，一拳打过去。

霍老二灵巧，一闪身，夺门而出。刀条脸也没有追出去，只是对着他的背影，断断续续地又骂了两句，回到铺上，接着喝酒了。

老板娘把电视机关了，说了句："各位师傅，早点歇着吧。"出了屋子。不过她刚出去，又把门打开，探着头说："芳泽街开了家粥铺，人家老板跟我说了，住在泥霞池的人去那儿吃早饭，白给添一碗粥，咸菜还免费！"说完，缩回头，关上门。

金鱼眼骂道："呸！我们去那喝粥，她肯定吃回扣！老妖婆！"

"就是，就是。"大家附和着。

就在人们都想睡了的时候，喝足了酒的刀条脸，突然从铺上摇晃着站起来，挥舞着胳膊，连连跃过两个人，面红耳赤地跳到光头的铺位上，对着仰躺着的光头，龇牙咧嘴地说："霍他妈、妈的、霍老二，他个、收废品的，都、瞧、瞧不上我们，凭、凭什么？还、还不是、因为你、你个、骗子！"说完，扑到光头身上，骑着他，劈头盖脸地打起来。光头反抗着，可他的力气显然不如对手，抵挡不住，"嗷嗷"叫着，如挨宰的猪。陈东以为会有人拉架，可谁也没动弹。这样，刀条脸出够了气，放开光头，跳下铺，去厕所撒尿去了。等他回来时，发现光头坐在枕头上，一边哭，一边用卫生纸擦着鼻血。刀条脸笑着说光头："假、假和尚、到、到底、不中吧，没、没料到、自己有、血、血光、之灾吧？"他的话把大家伙逗笑了。刀条脸满怀同情地抚摩了一下光头的脑门，说："大、大老爷们，学、学门手艺、多、多好，明儿跟、跟我走，我教你、瓦、瓦工，有

我、我吃的,就有你、你吃的!"

光头不哭了,他下了铺,把沾了血迹的卫生纸丢进厕所,洗了脸,关了灯,摸黑爬回铺上,悄没声躺下了。光明一旦流失,男人们的呼噜声就像小老鼠一样,簌簌地在黑暗中出洞了,泥霞池里鼾声如潮。

第二章

在做体力活儿的人的眼中,太阳就是一面出工的锣,它的光芒呢,则是催促人上工的锣声。陈东醒来的时候,太阳出来了,锣已敲响,满院子回荡着它的声音,屋檐、墙壁、地面上,都洋溢着暖融融的光影。泥霞池的人大都起来了,洗漱完毕的,去小食摊吃早点了,还没有出去的,大都在厕所和洗脸池前。

陈东和宋师傅背着工具袋走出泥霞池时,是七点钟。洗衣妇靠着树桩,正在吃肉包子。她仍然穿着散腿的裤子,只不过短袖衫由蓝色的换成了水粉的。

洗衣盆里浸泡着那件假僧袍,宋师傅逗她:"小暖,你拗不过人家,还得洗这袍子吧?"

小暖别过头去,看着北耳房的窗户,爱理不睬的。

宋师傅停下来，低头看着洗衣盆，故意气她："哎哟，这衣服掉色儿掉得这么狠，真是属泥鳅的啊，把水都搅浑了，小暖，我看你投三遍也投不透亮啊。"

小暖终于坐不住了，她把剩下的包子一口塞进嘴里，鼓着腮帮子，抓起那件袍子，在水中飞快地荡了几下，提起它，也没拧，就朝晒衣绳走去。袍子哩哩啦啦地滴着水，将青砖的地面淋出一道弯曲的湿痕，看上去像是一条游走的青蛇。她走到晒衣绳前，将它草草搭上，就像打发一条癞皮狗一样，懒得多看一眼，扭头便走。

宋师傅大笑起来，说："小暖，你不洗就敢晾，有骨气！"

洗衣妇笑了，她笑起来很明媚，唇角翘着，杏核眼活泼地转动着，眼神也不显得暗淡了。陈东逗她："我的衣服你也是这么洗的吧，懒虫！"

洗衣妇急了，她一把抓起陈东的手。她的手劲真大，陈东感觉自己的手在她手中轻如微尘，而她的手臂就像开足马力的吸尘器。她把他拉到晒衣绳前，让他闻他的那件衣服，嚷着："有没有肥皂味？有没有？"

陈东闻到了皂香气，赶紧点了点头，洗衣妇这才撒开他的手。

泥霞池的外面，是小菜街。街两侧那些铁路局的家属楼，大都是四层的红砖房，七十年代建造的。虽然街道狭窄，但因为靠近火车站，又有散落着的二十多棵老榆树的衬托，这街的气象还不错。那一蓬蓬翠绿的树冠，与屋顶齐眉，如一团团浓云。街上有食杂店、水果铺、面馆、饺子铺，此外还有个废品收购站和一家空车配货站。住在泥霞池的人，喜欢就近在这条街上吃早点，所以陈东跟师傅走进面馆时，碰上了刀条脸和光头。他们坐在一起，正吃着豆腐脑，看来刀条脸真要带着光头学瓦工了。

刀条脸面色暗淡，眼睛布满血丝，好像没睡好。光头呢，他的气色和胃口都不错，满面红光，吃得啧啧有声。

宋师傅对光头说："你的袍子小暖给洗干净了，晾上了！你学了瓦工，以后也用不着穿它了，等干了送给霍老二得了，让他知道知道，住在泥霞池的人，不像他想的那么小气！"

刀条脸说："最、最好、把他这、光、光头、也割了，一起送、送霍老二。"说完，他笑了，宋师傅和陈东也跟着笑了。虽然是玩笑，但光头还是被吓着了，他嘶嘶哈哈的，双手捧着脑袋，似乎怕一不留神，谁真会取了他的头去。

陈东他们的馅饼和小米粥上来的时候，刀条脸和光头已经吃完走了。宋师傅说，这光头是安徽的农民，他们那个村子的男人，春播完，会雇上一辆车，几十人搭着伴儿，一路向北，来寒市打工。他们一般去建筑工地干上几个月，秋收时，再返回老家。他们每年春来秋去，像候鸟一样。农民中也有懒惰的，就像光头这一类的人，不肯出苦力，又没什么手艺，他们就做上一套僧袍，剃个光头，到工艺品批发市场买上一兜佛珠和印有佛像的卡片，扮成云游的和尚，走街串巷地叫卖。说起来，这也是骗子。他们之所以还能赚到钱，不是说人们识不破他们，而是为了讨个吉利。

吃过早饭，太阳更高了一些，他们出了小菜街，去群力街乘三线公交车，到锦鹏大街，转乘二十六路汽车，在光华街新建的贵府名苑下车。在这近一个小时的车程中，寒市的风景在车窗外一闪一闪地掠过，陈东在车里，等于免费看了一部彩色宽银幕的纪录片。片子中呈现的，是林立的高楼、浩荡的车流、令人眼花缭乱的牌匾和形形色色的人。在陈东眼里，楼群仿佛害了病，而那些悬挂着的牌匾，就是它们糊在身上的一贴贴膏药。

陈东的家在上林。上林离寒市大约有三百公里，是个林区小镇，三千多人口。陈东是家中独子，他父亲是农行

的信贷员，母亲在一家民营企业当记账员，这在当地来说，属于不错的人家了。陈东自幼不爱读书，高中毕业后，没有考上大学，父母让他复读，他说什么也不肯，说是白搭工夫。他爱树，最喜欢往林子里钻，那一棵棵树在他眼里就是一瓶瓶香水，散发出不同的香气。家人怕陈东闲起来会学坏，就让他去县城学习计算机，将来好在上林开个网吧什么的。可陈东讨厌坐在机器前，说那会让自己提前花眼。他提出到上林家具厂工作，那样做工时能闻到木料的香气。这家厂子是私营的，效益还不错，不过陈东在刨花车间只干了半年，就厌烦了，跳槽到了门窗厂。门窗厂也是私营的，厂子里的安装工，干活地点是不固定的，哪儿都跑，陈东喜欢这工种，他觉得男孩子就应该多见见世面，等老了动不了的时候，好有回忆的。他进了门窗厂，如愿以偿干起了安装，成为宋师傅的徒弟。

上林门窗厂的产品，销往寒市的居多。一到春天，建筑和装修的旺季就开始了，门窗生意火爆起来，运货卡车的车轮，就跟吃了摇头丸似的，兴奋得转个不休。厂子在寒市有代理经销点，有货栈，安装师傅一般住在城里，隔个十天半月的，想家的会搭着货车回去，住上一夜，第二天清早再赶回来。安装工住在外面，厂子便给他们每天补助三十块钱，作为住宿费和交通费。宋师傅干安装有六七年了，跑寒市跑得轻车熟路的，他知道哪家旅馆便宜，哪家饭铺的饭菜味道好又经济实惠。这家位于火车站附近的泥霞池，就是他常住的地方。

门窗的用户多是买了新房的人，安装工出入最多的便是新开发的楼盘了。他们每天面对的，是不同的业主。宋师傅说，干他们这行的，一定要有好脾气，要懂得迁就人。业主脾性不同，待人的态度也就不一样。那些温和大方的，中午常常管饭，对待工人和颜悦色；吝啬的呢，你喝他口水他都心疼。要是再赶上他气不顺，你的活儿就是干得再漂亮，他也会横挑鼻子竖挑眼的。宋师傅收陈东做徒弟，看中的就是这孩子的随和。陈东团脸，浓眉大眼，厚嘴唇，毛茸茸的小胡子，一看就招人喜爱。他爱笑，爱唱歌。他第一天进城做工，在业主家就是一边哼着歌，一边干活儿的。那个业主说安装门窗的时候有歌声，喜气，中午时买了炸黄花鱼和肉包子犒劳他们。陈东悄悄对师傅说，看来我在寒市用歌声，能讨饭啊。师傅笑了，说，你要是用歌声能把媳妇讨回家，那才叫本事呢！陈东说，没问题，小桃酥最喜欢听我唱歌了！

小桃酥是陈东的女友，比他大三岁，二十二了，开糕点店的。她做的核桃酥香甜酥脆，入口即化，喜爱吃核桃酥的上林人就送了她个绰号：小桃酥。小桃酥细眉细眼的，爽利能干，不是那种特别漂亮的姑娘，但看上去很可人。由于整天待在点心铺子里，她的身上总有一股好闻的甜香气。

陈东跟师傅刚走进贵府名苑的业主家，小桃酥就把电话打到宋师傅这里了。安装工每天的活儿，都是由经销点的人通过电话派给他们的，所以宋师傅在寒市配备了小灵通，厂子每月给他补助二十元的电话费。陈东不像其他年轻人喜欢手机，他觉得那个每时每刻能让人逮着你的玩意，跟枷锁没什么区别。而且，他和小桃酥正恋爱着，恋爱是要靠"念想"来加深感情的。隔绝音信的分离，会使"念想"的翅膀强劲起来，持久地飞翔。

宋师傅将电话递给陈东的时候，他知道那一定是小桃酥，因为宋师傅朝他挤眉弄眼的。

"东东，你在那儿好吗？住的行吗？吃的对胃口吗？到人家干活，没有受气吧？"小桃酥一连提了好几个问题，看得出她对他处处惦记着。

陈东笑了，说："我吃得香，睡得香，活干得也顺手，放心吧！"

小桃酥轻声说:"那你什么时候能回来呀?"

"刚来,不急着回去。"陈东说,"哪天师傅回去,我就跟着一起回。"

小桃酥嘟囔道:"门窗厂的人谁不知道,在外面跑的安装工,宋师傅最不爱回家了。"

陈东笑了,他从这失望的语气中听出了思念。

陈东把电话还给宋师傅的时候,师傅说:"东子,找个比自己大点的姑娘就是好,知道疼人啊!像我老婆,比我小九岁,你一天到晚还得哄着她。我跟她过了十七年了,她没给我烫过一壶酒,没端过一次洗脚水,没搓过一回澡。反正男人有的那些好享受,我是一样也没得着!咳!"

正在装修中的房子少不了甲醛味、油漆味、涂料味,它们混合在一起,让人觉得这屋子就像一个生着狐臭的人,很熏人。陈东进屋后,被那气味刺激得直淌泪,就说了句"真辣眼睛啊",谁知这话把业主惹恼了,他说:"你就是干这个的,想找不辣眼睛的地方,去皇宫啊!"

陈东赶紧冲业主笑笑,说:"我没说你的屋子,我是说我兜里揣着的辣椒呢,是它把我辣着了。"

业主撇撇嘴,拿出两副一次性塑料鞋套,递给他们。其实地板还没铺,水泥地上附着灰尘,用不着鞋套。他这

么做，无非是显示他作为主人的尊贵身份。宋师傅虽然满心不乐意，还是把鞋套上了。接着，业主没有好声气地申明了在他家干活的三不准：不准在屋子里吸烟，避免引起火灾；不准坐椅子，因为刚刚喷过清漆；不准用主卧的马桶，使用客卫的马桶时，也要注意不要把纸丢进去，避免马桶堵塞。

趁主人去阳台开窗的空当儿，陈东小声对师傅说："幸好没说不许说话，不然咱还得当一天的哑巴。"

宋师傅无奈地摇摇头，拿出工程单，去清点放在客厅中央的门。一般来说，安装的前一天，经销点就会把门窗运到客户家。

主人返回来了，他说："对了，你们干活时最好少打电话，像刚才，一进门就哇啦哇啦地说电话，像话吗？你们懂不懂，打电话分心，容易把门安歪斜了？"他的话音刚落，他自己的手机叫了，他接听的时候冲对方大发着脾气："你们耳朵有毛病啊？我走之前一再嘱咐，空调装在东屋里，东屋！可你们呢，非安装在西屋！你们东西南北都不分，就敢出来混饭？啊，你说得轻巧，重新调配回来，那西屋墙上钻的洞你怎么给我修复？！让我在西屋天天喝西北风啊？什么？赔钱？啊呀，你们不要以为钱就是万能的！"

说完，气呼呼地挂断了电话。陈东想，怪不得他发脾气呢，原来空调给装错了地方啊。

宋师傅打开门套的外包装时，发现了问题。单子上明明写的是椴木喷漆的白门，一共五套，可是地上摞着的五套门，却是水曲柳的木色门。他跟业主核实："您要的门是什么颜色的？"

"白色的啊！"业主垂头一看那些木色门，火了，"怎么是这个颜色的呀？我订购的，明明是雪白的门啊！这门黄啦吧唧的，这不是往我家门上抹屎吗？"他气得脸色发青，眼睛似乎要冒火星了。

"您别急，我打电话问问。"宋师傅正要掏电话，电话就响了，他一看号码，说了声"是经销点打来的"，赶紧接听。

原来门运错了。红杉小区和贵府名苑的业主订购的门恰好都是五套，工人们在卸货时，没有仔细核对货物的编号，将两家的门给弄颠倒了。在红杉小区安装的师傅打开门的外包装，先发现了问题。经销点的人说，他们会安排车辆，尽快把它们调换过来。不过正值上班的高峰期，主干马路塞车，再加上两个小区相距较远，估计要耽搁两个小时，请他跟业主道声歉。

那人听完宋师傅的解释后,跳着脚说:"我今天特意请假在家的,你们耽搁了时间,一天的活要是分成两天了,难道说我明天还得请假?"

宋师傅赶紧说:"您放心,我和徒弟今天就是干到半夜,也要把您家这份活儿做完。"

"我怎么这么倒霉啊?"那人带着哭腔说,"我的门,跑别人家去了,它们就是被调换回来,也成了旧门了!"

看着他痛苦不堪的样子,宋师傅和陈东心里暗笑着。既然暂时闲着,他们不想看业主的脸子,便跟他打了声招呼,脱下鞋套,去楼下的小花园了。

花园的丁香和蔷薇正开着,香气扑鼻。他们坐在花树下,聊起天来。

宋师傅说:"看没看出来,越是多事的人,事儿越爱找他!"

"他也真够背字儿的,空调安错了屋子,门又送错了,是够他上火的了。"陈东笑着,说,"我看他和那个洗衣服的在一起过日子倒挺般配的。"

宋师傅说:"你是说小暖?"

陈东点着头说:"他俩都爱生气。"

"你可别乱点鸳鸯谱。"宋师傅说,"小暖可不是爱生气的人啊,她就是说话冲了点。她心眼好使,一根筋,从不伤人。"

"她有三十了吧?"陈东问。

"人家儿子都十三了,也是奔四十的人了。"宋师傅说,"看不出来吧?"

陈东惊叫着:"真看不出来啊,我还以为她比小桃酥大不了几岁呢。"

宋师傅说:"她娃娃脸,显小。"

"那老板娘是她什么人啊,小暖好像很怕她?"陈东问。

"她婆婆。"宋师傅叹了一口气,说,"小暖才命苦呢,她是农村的,嫁到城里第四个年头,孩子刚三岁,她男人就死了。从那后,她就像背了口黑锅,处处听婆婆的。"

宋师傅说,小暖的男人大贵是寒市博物馆的保卫,又矮又胖,为人忠厚老实。大贵的妈妈沈香琴,也就是如今泥霞池的老板娘,以前有个好丈夫的。她男人是铁路局货运处的主任,有实权。沈香琴没有工作,在家料理家务。有一天,她到农贸市场买活鸡,见摊主指着一个年轻女人的背影,跟一个卖菜的说,瞧瞧这小娘们,傍上了铁路局货运处的主任,穿戴比以前不知好了多少倍,一天天杀鸡宰鱼、吃香的喝辣的!沈香琴一惊,顾不得买鸡了,赶紧

跟踪那个女人，记住了她家的门牌号。从那以后，沈香琴留意丈夫的行踪，只要他说晚上有应酬，回家晚，沈香琴便打上出租车，候在那个女人的家门附近。几乎每次，她都能看见丈夫踏进那个门。事实清楚后，沈香琴把此事跟大贵说了，娘俩儿有天晚上把这对偷情的人堵在屋子里。那女人比大贵只大三岁，离婚的，没工作，不算漂亮，他们是在麻将桌上认识的。沈香琴本来只想给丈夫一个下马威，让他跟那女人彻底断了，回心转意，谁知大贵说什么也不认这个爹了，说是母亲不跟这个败类离婚的话，他就把他杀死，扔进河里喂鱼。沈香琴深知大贵莽撞，她只能以儿子为重，跟丈夫离婚。沈香琴的前夫自知对不起老婆孩子，给了他们一套好房子。这套房子在火车站附近，原来是铁路局的一个货场，有一座正房，两座耳房，一个小院，闹中取静，无论是居住还是经营，都是不错的地方。沈香琴带着儿子，从原来的家中搬了出来。有了宽绰的房子，沈香琴就想尽快给大贵娶个媳妇，这样，家中就不会那么冷清了。由于丈夫的背叛，沈香琴认为城里的姑娘势利眼，妖气，信誓旦旦地说要去农村寻觅个好姑娘给大贵。她也果真这么做了，从老家锦葵领回了小暖。小暖一进家门，她那滴溜溜的杏核眼一转，就把大贵的魂儿勾走了，两个人彼此相中了。他们都是直心眼，有啥说啥，爱笑。而且都胖，爱吃肉，个子也都不高。他们一起出门，左邻右舍的见了，没有不说他们像兄妹的。沈香琴很快就给他们举办了婚礼。婚后第二年，小暖生了儿子，取名小贵。身边有大贵和小贵，又有能干的小暖，沈香琴很知足。孙子刚出满月，她就一次次地抱着小贵，去原来的老邻居家串门。她无非是想让前夫知道，自己如今过得多么滋润！小贵的爷爷也真的碰见了他们两次，看着前妻怀中可爱的孙儿，他只能眼巴巴地瞅着。他那痛苦而又羡慕的神色，让沈香琴无比开心。

然而好日子就像艳阳天，一旦持续下去，也不是什么好事情。渐渐地，不愁吃穿的小暖在家待腻烦了，小贵两岁时，她想出去找事做，说是有婆婆带着孩子，她在家不过做饭打扫房间，一天闲半天，身上有劲儿没处使，不舒服。沈老太便和大贵商量了，同意她出去做点事。小暖在锦葵是种地的，没别的特长，她只好做计时工。她联系的活儿并不累，给三户人家打扫卫生，每周每家只去一次，每次半天，每个月有四百多块的收入。这三户人家，一户是一对做教师的夫妻，一户是开着火锅店的带着个孩子的离异女人，另一户是个单身的搞摄影的人，祸端就起在这

个搞摄影的人家。

大贵不是在博物馆做保卫么？博物馆里常常举办各种展览，玉器展、瓷器展、书画展、剪纸展等。每次展览，大贵都要瞄上几眼展出的作品。有一次馆里举办摄影展，大贵在巡视的时候，发现展厅正中的一幅黑白照片上的人看上去很眼熟，他凑近一看，那不是小暖吗？她坐在谁家阳台的一棵龟背竹下，守着个洗衣盆，正卖力地洗着衣服。她微垂着头，刘海上挂着汗珠。她只穿着吊带背心，丰满的乳房半裸着。这幅题名为《都市里的洗衣妇》的摄影作品，差点没把大贵气疯。大贵知道小暖的习惯，她不使洗衣机，说是一个机器，不长脑子，只会用一种力气洗衣服，袖口、领口这些该洗的地方多半是洗不干净的，所以她只用手洗衣服。大贵想，她这一定是给人家干活时，被人拍了照。

大贵回家把小暖暴打了一顿，问她是在谁家穿得那么少，跟没穿似的？小暖哭哭啼啼地说，有一天，她去那个搞摄影的人家打扫卫生，见阳台光线好，又暖和，就把洗衣盆搬到那里。那天要洗的衣服实在多，她洗累了，浑身发热，便脱下外衣，只穿着小背心。洗着洗着，只听"咔嚓"一声响，那个人端着照相机，偷偷给她拍了照。小暖说，原以为他是拍了送给她的，谁知他会拿去展览？大贵问，你是不是跟他睡觉了？小暖说没有。大贵说，我就不信，一个单身男人怎么能受得了你那肥猫似的奶子?！小暖说，他不喜欢我，我上他家，他都不愿意跟我说话，就待在自己的屋子里，鼓捣那些照片。大贵说，谁信啊！他认定小暖和那人有染，不再理睬她。有一天大贵上夜班，想起那幅照片，越想越窝火，便砸开了博物馆古代展厅的一个玻璃橱窗，取出一把汉代的青铜短剑，闯到那个人的家，一剑刺死了他。事后大贵交代，他并没有想到那把风尘累累的剑能致人死地，以为不过让那家伙受点皮肉伤而已，没想到它竟能穿透他的心脏。大贵还交代，那个搞摄影的人说出的最后一句话是，能死在古剑下，值啊。

那把沾染血迹的剑，先是作为物证进了公安局，最终经过文物部门的交涉，仔细清理后，又回到了博物馆。摄影家死后，市京剧团的一个唱旦角的男人突然自杀了，人们盛传他是为摄影家殉情的，都说他们是一对同性恋人。大贵的死刑裁定书下来的时候，小暖去监狱跟他告别，把这个消息告诉给他，大贵悔恨得用手直捶头，说，我冤枉了你们，你们真是什么事也没干啊。他对小暖说，他不明白，男人为什么不爱女人，非爱自己人呢？小暖说，她也

想不明白，在锦葵那地方，她长这么大，看到的家庭都是男女组合的；牲畜呢，也是公母交配。她说，没见过公狗发情时会撵着公狗跑。她的话，把要赴法场的大贵给逗乐了。

大贵死后，沈香琴对小暖恨之入骨，说她是丧门星。如果她不嚷着出去找活做，如果她不穿着露奶的小背心洗衣服，如果她被拍了照后能跟主人急眼，把胶片毁了，大贵就不会出事。她对小暖说，大贵是为她死的，她得代替大贵，抚养小贵，为她养老送终，终身不得再嫁。大贵没了，家中的经济支柱倒了，沈香琴便申请了执照，用中间那座房子，开起了私人浴池。她和小暖，一人住一间耳房。这一带住着的，多是凭力气吃饭的人，家中能洗澡的在少数，所以浴池的生意还不错。浴池开张三年后，沈香琴见一左一右那些开旅店的，客源不断，就在浴池中间的空地搭起了板铺，兼做旅店。再小的旅店，一宿也得十五到二十块钱，而她那里，才收十块。而且，她打出的金字招牌是，免费为客人洗衣服。她对小暖说，你不是爱洗衣服吗？洗一辈子吧！小暖洗衣服仍然是用手，她说洗得透亮。所以，泥霞池的名气在这一带越来越大，他们的生意好得让人眼红。

宋师傅讲完了小暖的故事。虽然是坐在太阳下，可陈东却觉得脊背发凉。那星星一般闪烁的金黄色蔷薇花，在他眼里，都是满怀忧伤的样子。陈东对师傅说："小暖太可怜了，她这辈子，真就得这么过了？"

"小暖觉得自己对不起大贵，再说小贵还没成人，她婆婆让她干什么，她就得受着哇。"宋师傅说。

"我怎么没见小贵？"陈东问。

"人家上着寒市最好的寄宿学校，一个月才回家一次，听说小贵一年得花一万多块钱呢。沈老太说了，泥霞池气场不好，不能让孙子在这儿熏染坏了。她说小暖赚的钱，理所应当由小贵花。你住长了就知道了，老板娘在泥霞池，只是支个嘴儿；干活的，都是小暖，她是从早忙到晚。咳，这姑娘，当年要是不让沈老太领进城，兴许在乡下过得还挺好呢。"

楼上的业主下来吆喝宋师傅了，他急赤白脸地说："都快中午啦，你们的货车怎么还没到？我要投诉你们上林门窗厂！投诉！！"他挥舞着胳膊，看上去像是要疯了。

第三章

天热了,外罩基本穿不住了,泥霞池的客人,都换上了汗衫。若是春秋时节,人们即使在外劳作了一天,身上也不觉得特别脏。可是到了夏天出汗多,每一个毛孔都散发着酸臭气,若是临睡前不洗个澡,真就觉得跟猪一样了。所以这时候,客人们似乎都变得大方起来了,舍得花上三块钱,站在莲蓬头下,让清水在身上激情四溢地迸射,畅快地沐浴。

小暖的活儿,比平时也就多了。几乎每个回来的人,都要扔给她一件汗衫,她坐在洗衣盆前,有时要洗到月亮升起。她忙完了一天的活儿,喜欢凑到电视机前,捶着腰站上一刻,随便看上几眼。这个时候,大家就爱逗她。

有人说:"小暖,怎么不见你娘家来人啊,他们不要你了吧?"

小暖说:"我爸死了,我妈给我弟弟看孩子呢,把手,出不来。我姐呢,她有风湿病,走不动。"

"那你弟呢?"

"他从春到秋都忙地里的活儿,冬天呢,还要到矿上挖煤，挣点零花钱，哪有工夫。"小暖说，"大贵死的那年，我弟来了。他不喜欢这儿，说是男人能和男人胡搞的地方，有什么好。"

"那你不想大贵啊？"人们问她。

小暖咬着嘴唇，眼里闪着泪花，不吭声。陈东见她难过，就岔开话题，说："这个浴池的名字叫得怪啊，泥霞池，听说是你起的，什么意思啊？"

小暖瞥了陈东一眼，说："你还算念过书？这意思还不明白？"

"我的书算是白念了，没考上大学嘛，要不能出来干这活儿吗？"陈东说。

"干这活儿怎么了？青苗！"小暖用手点了一下陈东的脑门，好像要给他这榆木脑袋开开窍似的，问他，"你说说，天上和地上最脏的东西是什么？"

陈东想了想，说："地上最脏的是土，天上是没有脏东西的。"

"土？"小暖说，"算你说对了一半。你身上要是沾了土，是能拍打掉的。要是泥呢，就得洗了。所以，地上最脏的是泥！你又没上过天，怎么能说天上不脏？我打小就看出来了，天上也有脏东西，那就是早霞和晚霞。天本来

干干净净的，它们一出来，就把天搞得浑儿画儿的，你说，天上的霞脏不脏？"

陈东只好忍着笑，迸出一个字："脏。"

小暖这才气顺了，说："为什么叫这个名，不就明白了吗？"

陈东说："可是你只能洗地上的泥，天上的霞你是洗不了的。"

"我是洗不了，可是我能让雨洗了它，让大风洗了它！"她气恼地说。

"这么说你属大龙的，能呼风唤雨了？"陈东实在憋不住，大笑起来。

小暖一跺脚，走了。但没有多久，她又来了。她手中抓着根水灵灵的黄瓜，吃得满屋清香，人们又拿院子中的树桩逗她。

金鱼眼说："小暖，我要是那个树桩就好了，让你整天靠着，我就是累死也心甘。"

小暖眨巴着眼睛，很认真地说："那就让人把你截断了，戳那儿一截，我试着靠靠。"

大家笑起来，没想到她脑子反应那么快。

陈东听师傅说过，院子里原本有棵枝繁叶茂的老榆树的,夏天时能撑起半个院子的阴凉。五年前的一个雷雨天,这棵树忽然遭了雷劈。宋师傅说,他睡到半夜,只听"咔嚓"一声响,窗户被震得直颤动,一道道白光在窗外飞舞,它们像蜡烛一样,将墙壁照得泛出阵阵亮光,睡在铺上的人都被惊醒了。暴雨声中,他们听见小暖的哭喊,知道出了事了,连忙从铺上爬起,打着伞来到院子。那棵老榆树已被雷劈断,倒伏在小暖住的耳房上,将屋顶的瓦砸碎了。小暖又惊又吓,打着寒战,哇哇直叫。她的婆婆冷冷地站在屋檐下,说是榆树断了,这是大贵借着雷公的手,把它取走了,没什么大惊小怪的,等雨停了把树挪开就是了。原来,大贵活着的时候,最爱这树了,他夏天坐在树下吃饭,抽烟;冬天靠着树,在飞雪中吹口琴。小暖跟大贵一样,也爱这树,她爱坐在树下奶孩子,洗衣服,择菜淘米,做针线活儿。当然,有的时候也在树下看看日光下翻飞的蝴蝶和夜晚时高悬的月亮。她听婆婆说大贵把树带走了,大叫着:"大贵,我守不着你个大活人了,守棵树你都不让,你这么快就投到狼胎里了吗?"她这番哭诉,把老板娘气坏了,她上去给了小暖一巴掌,骂她,你个小贱妇才会投到狼胎里呢!这一巴掌,让小暖止住了哭闹。暴雨过后,老板娘找来几个人,将北耳房屋顶的瓦修补上,然后把树

锯成一段一段的，撂起来当烧柴。老板娘嫌那个树桩碍眼，想让人将它锯掉，可小暖说什么也不干，说是树桩连着根，没准儿哪个春天它会发芽呢，老板娘就依了她。这样，小暖洗衣服的时候，在疲累的时候，还能靠着它歇一歇。宋师傅说，最奇妙的是那撂榆木柴火，它们一旦进了炉膛，就会在火焰中噼啪噼啪地响个不休，好像谁在里面热烈地说着话。一到这时候，小暖就爱搬个板凳，垂着头，一言不发地坐在炉边。她的耳朵在火声中一颤一颤的，就像两片被秋风吹拂着的红叶。

小暖吃完了黄瓜，叹了口气。大家便又逗她，是不是想耿师傅了？问她跟耿师傅在一起时，为什么不用喝酒？小暖有些气恼，又有些害羞，她晃了晃身子，无言以对，情急之下，把黄瓜蒂塞进嘴里，只嚼了一下，就咧着嘴，大叫了一声："苦。"这声"苦"，又招来一片笑声。小暖站直了，冷着脸，眼珠转来转去的，自认把每个笑她的人都白眼到了，这才一甩手走了。

陈东不明白大家为什么老拿小暖喝酒的事开心，他问宋师傅。宋师傅说："哪天她喝酒了，你就明白了。"

这天傍晚，小暖坐在院子里，一手抓着酱猪蹄，一手抓着酒瓶，坐在小板凳上，靠着树桩，有滋有味地吃喝着。

她穿着一条水粉色的低胸露肩连衣裙,高高吊着马尾辫,出水芙蓉似的,看上去娇嫩可人。回到泥霞池的人,见她这般姿态,经过她身边时都吃吃地笑。老板娘很不喜欢这笑声,她叉着腰站在院子里,仰着头说:"没见过女人喝酒啊?有什么好笑的?"

陈东见小暖喝的是白酒,就问:"多少度啊?"

小暖把酒瓶递给陈东,让他自己看。

"哎呀,五十八度的高粱烧,你可真厉害!"陈东说,"我喝一瓶啤酒都晕!"

"青苗!"小暖轻蔑地说。

"那你能喝多少?半斤?"陈东问。

小暖摇了摇头。

"二三两?"陈东又问。

小暖很不屑地扫了陈东一眼,鼻子里"哼"了一声,他便知道自己说少了,连忙改口说:"七八两?"

老板娘在陈东身后不耐烦地说:"别问了,她平平常常的也能喝一瓶。"

陈东叫了一声"天",倒吸一口凉气。

小暖对老板娘说,她一个猪蹄不顶事,还想吃条鸡腿。老板娘用教训的口吻说:"你照照镜子去,看看自己这一身

的肉,再这么个吃法,我看将来胖得连床都爬不上去了!"

小暖放下酒瓶,停止咀嚼,做出罢吃的样子,老板娘赶紧说:"好好,我给你上熟食铺买鸡腿去,你个冤家啊。"

老板娘买回鸡腿,天已黑了,小暖喝了多半瓶了。泥霞池的客人,似乎都不好意思在她喝酒时,把脏衣服丢给她,屋子里便散发着一股酸臭气。月亮升起的时候,小暖喝光了那瓶酒。她摇晃着,害了牙痛似的,哼哼着回房了。她屋子的窗帘,从早到晚都拉着。她进屋后没有开灯,因为窗户依然黑着。陈东以为她醉得睡着了。谁知过了半小时,从她的耳房里传来砸东西的声音,噼里啪啦的,好像摔的不止一种东西。只听老板娘在院子中喊:"小暖,你又撒酒疯了?我看不叫人整治你的话,你是无法无天的!"说着,似乎在给什么人打电话,说:"又闹上了,婶子求你了,帮个忙吧,要不她能把房顶的瓦都揭了!"她这话,像是特意说给大家听的,因为她嗓门很大。

大约半小时后,院子里传来突突的脚步声。老板娘跟来人打着招呼,把他让进小暖的屋子。其实那时候,小暖已不闹了。

刀条脸躺在铺上,抽着烟卷说:"是、煤、煤老板!"

金鱼眼说:"你怎么知道?"

"妈、妈的,胖得、走、走道、抬、抬不起脚,能、是谁?"刀条脸说。

宋师傅说:"煤老板倒是好久不来了。"

"他这种人,钱多得能把自己埋了,哪里不能沾腥?"金鱼眼说。

陈东这才明白,小暖的屋子要发生什么事情了。

老板娘关上小暖的门,走进泥霞池。她看上去兴味十足,手中拈着一把明晃晃的钥匙。大家问她这是谁的钥匙?她不无得意地说:"我干儿子的汽车钥匙呀。瞧瞧,好车的钥匙到底不一样,多眼亮呀!"

"你有好几个干儿子,到底是哪一个啊?"一个绰号叫"五条"的人问她。

"能开好车的是谁?程天啊!"老板娘将钥匙揣进裤兜。

"程天?不就是那个胖墩儿——煤老板吗!"五条说。

"胖有什么不好?胖了富态!"老板娘说五条,"像你,五条细棍撑着个身子,轻飘飘的,没魂儿似的!"

大家笑起来。五条奇瘦,是个油漆工。人们说他的身形特征就是,两条细腿加上两条细胳膊,再加上一个细脖子,因而叫他"五条"。

五条的嘴巴是不饶人的,他心平气和地对老板娘说:

"我要是五条,那您这干儿子就得是'五横'了!两条横腿、两条横胳膊,再加上个横着的脖子,不是'五横'是什么?"

北方人一旦说谁胖,爱说"胖得快横着走了"。五条的说法,得到了大家的认同,都说他比喻得好。就这样,那厢的程天,稀里糊涂就得了个绰号。老板娘很不高兴,她拉下脸,但似乎又怕得罪大家,没话找话地东拉西扯着,从泥鳅的吃法说到臭虫的危害,从鸡蛋的价格又说到天气的反常,陈东觉得无聊,想出去转一转,刚走到门口,被老板娘拦住了:"小师傅,这么晚了出去干什么呀?要是碰上打劫的,你一个人怎么对付?你来泥霞池日子短,不知道小菜街是不太平的,你问问那些老师傅就知道了!前年,有个劫匪窜到这街,用锤子敲碎了一个下夜班的男人的后脑勺,这人打那儿起就成了植物人,还在床上躺着呢!"

"你别吓唬他了。"宋师傅说,"还没到半夜,现在街上少不了人,让他转转去吧,一会儿也就回来了。"

五条说:"就是,他一个孩子,还是个童男子吧?连小暖都叫他'青苗',他哪懂得去小暖那儿听窗呀,就让他出去吧!"说着,朝陈东挤了一下眼睛,好像在暗示他什么。

老板娘"哼"了一声,四溅着唾沫星子说:"这世道,十八岁以上的,哪还有童男子!"一闪身,让他出去了。

陈东来到院子,走到树桩下,借着从泥霞池溜出的灯光和隐约的月光,打量着那个树桩。树桩参差着,看来这树被劈时,很不情愿,做过撕心裂肺的挣扎。干枯的树桩大都是空心的,陈东把手伸进去,心想没准能掏出个鸟蛋什么的,然而他的手受到了阻隔,原来这树桩还是实心的。这么多年的风吹雨淋,它竟然不朽,说明它有着不死的根。

陈东感叹着,正要朝外走,忽然,从小暖的屋子里传来一阵咿呀咿呀的叫声,是床在叫,好像它坏了,什么人正卖力地一锤锤地修理着。陈东胆怯地蹭到窗根,半蹲下。他听到了沉重的喘息声和热辣辣的呻吟声,这让他血流上涌,浑身燥热。在这声音中,他只觉得身下的伙伴一阵颤动,好像一个受了冤屈的莽撞的硬汉,非要冲出来,与谁决斗似的。陈东赶紧起身,朝外走去。泥霞池的人不知讲了什么有趣的事情,他的背后,是一浪高过一浪的笑声。陈东出了院子,借着昏蒙的街灯,看见一辆银白色的轿车停在门口,他便朝它的轮胎狠踹几脚,又朝挡风玻璃吐了口痰。这是辆奔驰,怪不得老板娘说它是好车呢。在这以前,他很喜欢奔驰的车标,它线条简洁,雄健俊朗,像一个顶天立地的男子汉;可今夜看它,却像一个浪荡女人在

劈叉。他想掰下这个车标,但一想自己的手沾上它,等于抓了臭女人的腿,晦气,就走掉了。

陈东连穿过三条街,来到夜市中的烧烤大排档。他要了几串烤羊肉和烤鱿鱼,一瓶啤酒,坐下吃喝起来。街巷中车来人往,尘土飞扬。陈东耳边,一会儿响起店主殷勤的招呼声,一会儿是汽车的喇叭声,一会儿呢,又是食客中突然爆发出的笑声。这些声音,使黑夜变得明亮了。他落座时,心情还郁闷着,半瓶酒落肚,陈东舒畅了。那一刻,他如饥似渴地思念小桃酥。他想如果她坐在他面前,一定要想法子把她灌醉,然后拉她到僻静处,最好在一棵树下,让她成为他的女人。

陈东想得热血沸腾时,宋师傅寻来了。他说:"我找了两条街,不见你人,吓了我一跳呢。没想到你这么自在,一个人又吃又喝的。"

"再来两瓶啤酒,烤二十串羊肉!"陈东豪迈地吩咐店主。

"师傅吃徒弟的,不仗义啊。"宋师傅笑微微地坐下来。

"那你还请我吃过鲇鱼炖茄子呢,不比这高级呀。"陈东打着嗝问,"五横走了吗?"

宋师傅先是一愣,继而反应过来,哈哈笑着说:"到底年轻人啊，记性真好！五横得了便宜，当然走了。这回你明白小暖一喝酒要做什么了吧？"

"那人开着奔驰，有钱啊。"陈东说，"是卖煤的。"

"啊，他在寒市经营着个煤炭公司，生意不错。泥霞池的小锅炉，一年四季烧的煤，都是他给的。"宋师傅说。

"白给？"陈东刚一问完，就拍了一下自己的脑门，说，"噢，是拿小暖换的。"

"所以说小暖开始时不乐意。"宋师傅说，"她那个闹啊，家里能砸的东西，都让她砸了。"

"后来怎么就顺从了？"陈东问。

宋师傅说："小暖一年忙到头，最高兴的就是过年的时候，老板娘能给她千儿八百块钱，她好给锦葵的亲人每人买上一套新衣裳，打个包裹寄回去。小暖跟耿师傅说，她要是不从的话，老板娘说了，以后就不给她一分钱，年底时她别想着甜和家人了。老板娘还说，大贵是为她死的，她得让小贵受最好的教育，没钱，小贵就得从寄宿学校回来。这样，小暖就依了婆婆的。不过她依得委屈，一到这时候，就得喝上一瓶烧酒，吃上一堆肉，把自己灌醉。每次喝完酒，她都要摔东西。老板娘也乐意她摔，好有借口让人上门呐。她存了不少便宜的水杯、盘子和碗，小暖砸

几件,她再添回去几件。"

新烤的羊肉串上来了,啤酒也起开了,宋师傅对着瓶嘴,一口气喝了半瓶,一抹嘴上的啤酒沫,叫了声:"爽!"然后对陈东说:"这老板娘,让小暖陪睡的,除了五横,还有管泥霞池这片的民警,电业局的收费员,自来水公司的一个副处长,你也明白,这些人跟泥霞池的生意都是有瓜葛的。所以,住在这儿的人,派出所基本是不查的,什么身份证暂住证的,没人要你的。要是逃犯住到这里,那就等于进了保险柜!你也别听老板娘唠叨什么浪费了水呀电呀的,这些费,在这儿差不离都是免了的!她把他们都认作干儿子,一到过年,好嘛,这个给她拿来半扇猪肉,那个给她两箱烧酒,另一个送来几坨带鱼,这老板娘,连年货也不用办了!他们来小暖这儿,她给望着风儿,不让我们出去。反正那事儿也快,要不了多长时间就过去了。"宋师傅嘿嘿地笑。

陈东想起刚才小暖耳房传来的声音,恨恨地说:"我看小暖也不是什么好货,她好像乐意那样吧。"

"她不乐意又能怎样呢?"宋师傅说,"大贵的死,让她觉着对不住婆家,所以婆婆领谁来,她都得忍着。像五横这样的主儿,什么女人没见识过?可是怪了,他最得意的倒是小暖!"宋师傅想起了什么,忽然笑着说,"不过有一次小暖倒是不从的。老板娘腰椎不好,去中医院按摩,认识了个五十来岁的医生。有天晚上,老板娘把这医生领进小暖的屋子。那晚上小暖没喝酒,清醒得很,力气也大,嫌他身上一股中药味,说是自己没病,不需要捧个药罐子,把医生从床上给掀了下来!那人骨头也是糠了,跌折了三根肋骨,把我们给乐得啊——"

陈东也笑了,他轻声说:"小暖还是可爱的。"

"要是不可爱,耿师傅对她能那么好吗?"宋师傅说。

"你们老说耿师傅,怎么见不着他的影儿啊?"陈东拿起一串羊肉吃起来,与宋师傅说着知己的话,令他胃口大开。

宋师傅蹾了一下酒瓶,说:"耿师傅就是给这家啤酒厂运货的啊。"

陈东知道,这种"飞泉"牌啤酒,产自东旭,东旭的矿泉资源丰富,那里有两家大型矿泉水厂和一家啤酒厂。寒市是东旭的飞泉牌啤酒最大的消费地。

宋师傅也拿起一串羊肉,边吃边说:"耿师傅家是东旭的,他老婆是政府机关的打字员,人长得漂亮。在那么个小地方,人一漂亮,惦记的人就多了。耿师傅跟我说,有

两个有实权的人都看上了他老婆,请她吃饭,给她送礼物。开始时她没想着背叛丈夫,时间长了,她也觉得自己的漂亮是资本,光用在耿师傅身上浪费了,就跟别人胡搞了。耿师傅说,他老婆跟着的两个男人在当地势力都很大,他几次起诉离婚,法院都以调解为主。因为那两个人都有老婆孩子,如果耿师傅的老婆成了单身,他们就不安全了。耿师傅离不了婚,一怒之下离开家,跑起运输,往寒市运啤酒。他干这活儿有三年了。他一来,就住在泥霞池,他疼小暖,小暖也爱他。耿师傅这两个月没来,把小暖想成了那样,谁看不出来?"

"那他干什么去了?"陈东问,"你们也没有电话联系?"

"住在这儿的人,互相是不留电话的啊。"宋师傅叹了口气,说,"这也算是泥霞池的规矩吧。每个人都像风一样,说来就来,说走也就走了。"

"耿师傅和小暖在一起,老板娘让吗?"陈东问。

"有什么不让的?"宋师傅说,"往老板娘腰包塞上钱就行。只是小暖跟耿师傅在一起时,不喝酒不吃肉,她只吃苹果,一吃就是五六个。"

"苹果。"陈东嘀咕一句,把余下的酒一口气干掉。他觉得眼前的景物渐渐模糊了,宋师傅的脑袋由一颗变成了两颗,酒瓶长出了好看的犄角,而那些肉串全都化作了一支支玫瑰。陈东哆哆嗦嗦地拉着宋师傅的手,哽咽地说:"师、师傅,醉、醉了真好。"

第四章

陈东垂头丧气地从上林回到泥霞池时,耿师傅回来了。他不是一个人回来的,还带着个孩子。那男孩七岁了,叫花砖,剃着个光头,宽额头,大眼睛,圆乎乎的蒜头鼻子,一看人吃东西就流口水,煞是可爱。

耿师傅中等个,很壮实。天热,他穿着背心短裤,可以看见他腿上和胸上浓密的汗毛。他心眼好,谁的枕头掉到地上了,他会帮着捡起来;谁咳嗽起来了,他会帮着人家把水杯递过去。他抽烟,也是一人分上一根,常常是小半盒烟分到最后时,他自己却没抽的了。

小暖脸上的阴云散了,陈东他们回到泥霞池时,坐在树桩下洗衣服的她,爱主动打招呼了。她的头发梳得比以前光亮,穿得也比以前得体。她晾衣服的时候,往往会哼着歌,那双杏核眼就像注入了春水,顾盼生辉的。宋师傅对陈东说:"看看,女人跟自己心爱的男人在一起,就是旱

苗得到了雨露，精神了！"

陈东不像以前爱打口哨了，他情绪低落，小桃酥跟他吹了。

说也怪，自从五横来的那晚上，他在小暖的耳房下听了窗后，那令人耳热心跳的声音就像一只蜜蜂飞到了他心里，嗡嗡闹着，挥之不去。这声音唆使着他，老想把小桃酥剥个精光。这两次回到上林，他与小桃酥的亲热度层层递进。他从最开始亲吻她的额头，到了嘴唇，从嘴唇又到了乳房，并试探性地朝腹部迈进，就像一只燕子，朝着春天飞奔。然而，小桃酥对陈东还是警觉的，到了关键部位，他是屡屡受阻，这让他心急。有天晚上，他和小桃酥单独在糕点店里，店里没了客人时，他闩上门，关了灯，在黑暗中抱住小桃酥，由上到下地亲吻着。当到了小桃酥认定的警戒线时，她开始了惯常的抵抗，陈东这次没有退缩，他把她放倒在地，撕扯她的裤子，压在她身上。小桃酥大叫着，用手拍打陈东的脸，脚乱踢乱蹴着，把点心架子弄翻了，一盘盘的核桃酥、芝麻饼、江米条、牛舌糕哗啦啦地掉下来，落到地上和他身上。陈东晃了晃身子，抖搂掉身上的点心，他可不得意它们，只想吃小桃酥这块大点心。小桃酥愤怒了，用拳头狠狠朝陈东的脑门砸去，将他打得眼冒金星，当时就泄气了，松开了她。小桃酥先是呜呜哭了一阵，然后才起身开灯，收拾散落在地上的点心。她的父亲，每天晚上都要接女儿回家，当他来到店里，见女儿衣冠不整，头发散乱，哭肿了双眼，点心落了一地，明白发生什么事情了，上去就给陈东一巴掌，骂："小兔崽子，刚进城几天啊，就学坏了！"他转而问小桃酥："他得手了吗？"小桃酥一个劲儿地摇头。她父亲说："那好，让他滚，我将来就是把女儿垫猪圈，也不给这个畜生！"这样，陈东被赶出店门。他灰溜溜地回到家后，越想越后悔，越想越窝囊，他可不想失去小桃酥。他买了几斤苹果，登门赔罪，可小桃酥绝情地说："你不是个正经人，幸亏我发现得早。你走吧，别来找我了。"小桃酥的父亲也威胁他说："再不滚的话，我就去公安局报案了，告你个强奸未遂！"

陈东没有想到，事情会是这么个结局，他沮丧极了。他憎恨小暖，憎恨老板娘。她们跟他说话时，他爱理不睬的。宋师傅看出陈东情绪低落，问他："跟小桃酥闹别扭了吧？"陈东不语。宋师傅说："谈恋爱哪能那么和风细雨的？我当初跟你婶儿处对象时，她也是三天两头就跟我生气，总挑我的不是，把我弄烦了，心想干脆跟她断了得了，天下的好姑娘多的是！谁承想呢，你不理她，她倒上杆了，

今天来帮我收拾屋子,明天又给我织毛衣的,好像离我活不了的样子!你看看,女人就是这样子!你不要急,凭你的家庭,再凭你的长相和人品,在上林,小桃酥她还想找啥样的?用不了多久,她会找你的!"

宋师傅的话,让陈东对小桃酥又抱有了幻想。以前宋师傅的电话响起的时候,他该做什么还做什么,现在呢,电话一叫,他会停下手中的活儿,看是不是小桃酥的。然而每次他的希望都落空,这让他心灰意冷。晚上回到泥霞池,他去淋浴时,常常会气恼地打一下身下的伙伴,恨不能根除了它。所有的麻烦,在他看来,都是因它的不安分而起的。

陈东只有跟花砖玩耍的时候,心境才会明朗一些。宋师傅说,耿师傅那段日子不在,是回东旭闹离婚去了。他找到妻子的两个情夫,说是如果他们再阻挠的话,就豁出这条命,跟他们拼个你死我活,那两个人着实被吓着了。这样,耿师傅终于离了婚,花砖判由男方抚养。耿师傅不想再看到那个女人,他辞了啤酒厂的工作,带着花砖出来谋生。

知道耿师傅离婚了,老板娘对他也就格外警觉。她担心这个已成单身的男人,有一天会带着小暖远走高飞,所以处处刁难他们父子。

花砖跟耿师傅睡着一床被子，本来是不占地方的，但老板娘还是要收费，说是看在他还是个孩子的分上，只收一半的钱，每天五块算了。那口气，好像她发了天大的慈悲。耿师傅没有反对，因为他白天去干活时，孩子就得撂在泥霞池，还得指着老板娘和小暖帮助照看着。

金鱼眼是个爱管闲事的人，他说耿师傅："你要是在寒市长住，我看你和花砖租个房子最好了。你们在这儿一个月也得四百来块，再添个一头二百的，能住个不错的地方。何苦闻澡堂子的味儿呢！"

进入伏天以后，白天来洗澡的人多了，浴池长久被使用着，晚上要是赶上没风，虽然开着窗，但屋子里还是有股说不出的浊味，大家都说那是屠宰场才有的气味。

耿师傅说："先在这儿住一段，等到明年花砖上了学，再说吧。"

金鱼眼说："是不愿意离小暖远了吧？"

耿师傅打趣道："可看你眼大了，好像看得比谁都清楚似的！"

金鱼眼说："都说揭人不揭短，耿师傅，你拿我这双眼开玩笑，不怕它们哪天火了，变成子弹，射到你身上？"

耿师傅赶紧拱手道歉。

陈东很喜欢听师傅们斗嘴,有兴味。他想他们之所以乐意住在泥霞池,彼此也是离不开的吧。最有意思的是光头,他跟着刀条脸,学了不到一个月的瓦工,就洗手不干了。说是这活又脏又累,做了它,是苦海无边。如今他换上了一套少数民族服装,依然走街串巷,不过卖的不是佛像了,而是孔雀羽毛和葫芦丝。在陈东眼里,这个南来的农民在本质上就是个演员。他那件假僧袍,派不上用场了,有一天,他用它换了两个大西瓜请大家吃。大家问他,卖西瓜的要那袍子,做什么用啊?光头笑着说,人家说刚得了孙子,要把它拆了,做尿布!有人便说,小孩子垫着僧袍,还不得不长头发啊。大家笑了,光头摸着自己的光头,也笑了。花砖那晚吃多了瓜,尿床了,他的尿也真是长,把相邻铺位的褥子都洇湿了,小暖换床单的时候,嗔怪花砖没本事,把不好门。花砖歪着头问:"我的门在哪儿啊?"小暖红了脸,说:"问你爸!"耿师傅赶紧说:"小孩子还没门呢,大了才有!"在这些有趣的对谈中,陈东渐渐地又恨不起来小暖了。

耿师傅现在一家水站做送水工。每天上工前,他会把花砖的午饭买好,晚上收工回来,再带着他去面馆。花砖一个人白天在泥霞池，就由小暖照看了。他淘气，小暖洗衣服时，他蹲在旁边玩肥皂泡；小暖烧火时，他从门前捉了蚂蚁，塞进她的脖子。小暖即使再不乐意，不过象征性地举起巴掌，吓唬他一下。老板娘开始对花砖是嫌弃的，说是看着他跑来跑去的，眼晕。直到有一天，她坐在院子里，觉得身上刺挠，让花砖给她挠痒痒，从那儿后，她就喜欢上他了。老板娘陶醉地说："哎呀，花砖这小手真是好，挠起痒痒，不轻不重，不快不慢，舒服死了！"除了挠痒痒，老板娘还让他给捶背。花砖的小拳头在她肩背上捣蒜般地一起一落，老板娘就眯着眼，哼唧着说："过去的地主婆，也不过如此吧。"她给花砖买冰棒和鸭梨，犒劳他；花砖呢，一口一个"沈奶奶"地叫着。老板娘说，就是自己的亲孙子小贵，都没有给她挠过一次痒痒。

陈东见过小贵三次。他每次回来，都穿着一套浅蓝的制服，上衣没有褶痕，裤线笔直笔直的，头发油光光，皮鞋锃亮锃亮的，真是从头到脚地光鲜。他脸色很白，小眼睛，不爱说话，冷冷地看人，与他的年龄很不相符。他一回来，老板娘和小暖似乎都很紧张，她们先是要把自己打扮得干净利索，然后再打扫房间和院子。小贵回来，最多住一夜。他不和小暖住一起，而是住在奶奶的屋子里。他

没有一次回来不挑毛病的，不是嫌水杯擦得不亮了，就是嫌褥子有潮气，再不就是嘟囔电视机的屏幕上尽是苍蝇屎。所以只要你看到小暖从婆婆的屋子里拿出被褥来晒，就知道小贵要回来了。小贵回来，是不在家吃饭的，沈香琴会带着孙子，去饭馆吃。小暖是不能跟着去的。宋师傅说，小贵知道父亲是被枪毙的，他因此憎恨妈妈被人拍了那样的照片，所以跟小暖说话时，从来都是昂着头。他像主子，而小暖像个毕恭毕敬的仆人。小贵离开家的时候，老板娘会给他带足零花钱，打车送他返校。小贵一出家门，小暖就获得了解放，她会立刻脱下那些拘谨的衣服，换上宽松的，趿拉上拖鞋，透彻地喝上一大杯凉水，然后叉着腿，坐在树桩下，洗起衣服。她狠命地打着肥皂，狠命地揉搓着，似乎要把衣服洗烂了。

有一次，小贵回来看到花砖给沈香琴挠痒痒，很生气。他把花砖叫到晒衣绳下，双手插在裤兜里，歪着脑袋问他："你也住这儿啊？"

花砖像飞翔的燕子似的，一蹦一跳地说："是！"

小贵冷笑了一声，说："你知不知道，一个男孩子把手伸到女人背上，是可耻的？"

花砖懵懂地摇摇头，说："男孩子把手伸到女人背上，是有'可吃的'。"

"你还知道可耻啊。"小贵从鼻子里哼了一声。

"可吃的就是冰棒、鸭梨!"花砖响亮地答道。

小贵骂了一句:"下三滥!"

花砖说:"我没吃过下三滥!"

沈香琴在一旁忍着笑,她是不能当着小贵的面笑的。实在忍不住了,便跑到女池的洗手间去笑。等她出来时,眼圈红着,好像笑过之后又起了伤感。

有天晚上,花砖睡到半夜要撒尿,喊爸爸,发现爸爸不在身边,便摸着黑下了地,光着脚丫跑到院子,一声声地哭叫着"爸爸——爸爸——"被扰醒的人晓得耿师傅一定是趁花砖睡了,偷偷去小暖那里了。宋师傅赶紧下地,把花砖抱回来。老板娘听到动静也醒了,只听她咣咣地敲小暖的门,这说明,耿师傅这次去小暖那儿,并没通过她。宋师傅说:"坏了,耿师傅今儿要遭殃了。"果然,门开后,老板娘和耿师傅吵了起来。

老板娘骂:"没钱就勒紧自己的裤腰带呀。"

耿师傅说:"我和小暖是两厢情愿的!"

老板娘说:"说这话也不嫌牙碜!你要还是个男人的话,别让小暖这么不明不白地跟着你,有本事你给我拿出

五十万来,把我和小贵将来的生活安排好了,你就是把小暖领到天边,我都不管!"

耿师傅颜面扫地地从小暖的屋子回到泥霞池后,哄好了花砖,然后坐在门槛上,一支接一支地抽烟。只见烟头在暗夜中一闪一闪地发出红光。大概抽了七八支烟后,耿师傅起身,骂着:"妈的,这世道,没钱没势就是孙子啊!"长叹一声,回到铺位,躺倒睡了。

第二天,耿师傅不去水站了,说是挣那两个鸟钱,只够塞牙缝的,别想有翻身的日子。他闲了几天后,换了个不用起早、但要贪黑的工作,总是凌晨才归。他手头宽裕了不少,常常提着一袋熏酱的鸡脖子或是猪蹄回来。耿师傅的新工作,让小暖吃尽了苦头,她大概为他担心着,总是睡不好,终日黑着眼圈,白天洗衣时呵欠连天,吃饭时也无精打采的。只要见着耿师傅,小暖会跺着脚叫声"耗子!"对他的昼伏夜出表示反感。花砖跟泥霞池的人混熟后,即便耿师傅没回来,也能安然睡着。反正到了天明,他睁开眼睛的时候,爸爸就会在身边了。

总也盼不来小桃酥的电话,陈东很心焦。有天傍晚宋师傅不在,说是去老乡家,可能晚上不回来,陈东鼓足勇气,去了小菜街的食杂店,用公用电话给小桃酥打了个长途。小桃酥还在店里,他听见客人在问核桃酥是不是新出炉的。一听是陈东的声音,小桃酥立刻把电话挂了。陈东不甘心,等了十来分钟,想着她该忙完了那份生意,又把电话打过去。这次小桃酥接了,她说:"城里风骚姑娘多的是,你还找我干什么呀?我现在和刘巍处上了,秋天就该结婚了,你就死了心吧!"陈东知道那个刘巍,他比小桃酥大五岁,开了家磨粉厂,有钱,人也算忠厚,但小桃酥嫌他罗圈腿,爱抽烟,所以拒绝了他的求婚。陈东急了,说:"小桃酥,你嫁给刘巍,等于天天蹲在烟囱根下,他不熏死你呀?"小桃酥斩钉截铁地说:"那也比嫁给个流氓强!"

　　陈东放下电话,委屈极了,直想哭。他走进一家小酒馆,要了两个小菜,一瓶白酒。他越喝越恨小暖,心想不是因为你个洗衣妇,我不会那么粗暴地对待小桃酥,她还会是我的女友。陈东想报复小暖。这个念头一经产生,便不可遏止。他喝光了酒,付过账后,迫不及待地打车回去。一进院子,就直奔小暖的屋子。小暖歪着身子,正"啪啪"地拍着苍蝇,见陈东进来,她叫了声"青苗"。陈东一把夺下小暖手中的苍蝇拍,把她往床上抱。小暖实在是胖,力气又大,尽管借着酒劲,陈东还是弄不动她。陈东手忙脚乱的,口不能言,小暖却是岿然不动,并且不时地一口一

个"青苗"地叫着。陈东火了,劈手给了小暖一巴掌。小暖愣了一下,然后疯了似的冲上来,将他一拳打倒,拽住他的手,一脚踢开门,把他拖到树桩下。未等陈东爬起来,她搬起洗衣盆,将里面的水"哗——"的一声倒在他身上,然后叉着腰叫着:"瞧瞧喝酒有什么好,把洗衣盆撞翻了吧?快把你的衣裳都脱下来,趁着天没黑透,我好给你洗出来,青苗!"

第五章

暑天过去了,太阳这面出工的锣,虽然比以往出来得晚了,但它的音质却是越来越高亢了。阳光像是在水中洗过,又像是在牛奶中浸过,明亮又芬芳。

宋师傅病了,他面黄肌瘦的,腹胀,没有胃口。陈东陪师傅去医院做了检查,医生说他是慢性肝损伤,说是如果不及时治疗的话,将来会酿成大疾。宋师傅拿着检查报告单,抖着手,对陈东说:"东子,趁年轻,学点别的吧。干咱们这一行的,天天待在人家没装修好的房子里,等于每天吸着毒气,什么肝受得了啊!单位不管咱的医疗,咱挣的那点钱,将来都不够看病的啊。"

陈东劝宋师傅回上林休养一段，宋师傅说："哪休养得起啊，歇一天少挣一天钱，老婆孩子谁来养？"宋师傅的孩子刚上高三，他说将来孩子考上大学，就是一大笔钱。

宋师傅一病，懒言少语的，手脚也没从前利落了。该是傍晚收工的活儿，往往要干到月亮升起，师徒俩疲惫不堪的。有一天，他们九点多才回到泥霞池。一进院子，就听靠着树桩洗衣服的小暖，"扑哧扑哧"地偷着乐。他们经过她身边时，小暖伸出湿淋淋的手，抓住宋师傅的裤脚，道了声："有喜！"

原来有个女人在泥霞池等宋师傅。她四十来岁，提着个罐子，中等个，穿一条灰蓝色的裙子，白布衫，黑色平底布鞋，短发，皮肤微黑，看上去面目和善，落落大方。宋师傅显然没有料到她来，窘了片刻，才跟陈东介绍她："这是我老乡，小时候一个屯子的。"陈东不知该管这女人叫什么，只是点了点头。那女人对宋师傅说："身体不好，得补，我给你熬了鸡汤，快喝吧。"

宋师傅正客套着，老板娘穿着一套白绸子衣服，手提一把剑，轻盈地进来了。最近她迷恋上了武术，每天晚上都要去公园练剑。一见有女人在，她眉毛一挑，说："我这儿只招男客，不收女客！"

宋师傅赶紧说:"这是我老乡,过来送点吃的。"

老板娘把剑放在柜台上,说:"你们上林来的男人,就是有女人缘!"

陈东听老板娘话中有话,不想看师傅的难堪,连忙交给老板娘三块钱,去洗澡了。等他从浴池出来时,那女人已经走了,宋师傅正喝着鸡汤,满屋子洋溢着香味。

"东子,给你留了点,尝尝吧,真是鲜啊。"宋师傅脸色好看多了。

陈东说:"留着给花砖吧,他的鼻子比狗还灵,一会儿回来闻到香味,又该流口水了。"

正说着,花砖哭咧咧地进来了。他垂着头,抽泣着,可怜巴巴地站在地上,用嘴咬着手指甲。

宋师傅说:"花砖,喝鸡汤吧?"

花砖一个劲儿地摇头。

"谁、欺、欺负你了?"刀条脸说,"告、告诉、叔。"

花砖说:"我把沈奶奶的脊梁挠破了,她说往后不给我买冰棒和鸭梨了!"说完,哭得越发凶了。

陈东走过去,抓起花砖的手,说:"是指甲太长了,叔叔来给你剪。"

"她揍你了吗?"宋师傅小声问。

花砖摇着头,委屈地说:"我在家,都是妈妈给我铰指甲,我想妈妈。"

泥霞池的人默不作声,大家都有些心酸,只听陈东的指甲剪"咔嚓咔嚓"地响着。

那个晚上,谁都没有心情看电视,人们早早睡了。第二天一早,刀条脸洗漱完毕,开始收拾东西。光头问他这是去哪?刀条脸说:"妈、妈的,再、再住、住下去,得、得疯了!"他朝耿师傅撇了撇嘴。耿师傅快天亮了才回来,还呼呼睡着呢。

光头被刀条脸揍过后,跟他最亲了,他急了,说:"你走了,我呢?"

刀条脸说:"大、大雁、快、南飞了,你也、快回、回老家了。"

光头说:"你走我也走,反正在哪儿都是个住!"

这样,泥霞池在那个早晨失去了两个老顾客。刀条脸离开之前,走到耿师傅的铺前,照着他的胸,猛击了一拳。耿师傅"嗷——"地叫了一声,身子缩了一下,睁了下眼睛,接着睡了。

老板娘正好买油条回来,一看刀条脸和光头背着行囊往外走,知道他们不想住这儿了,连忙赔着笑脸说:"两位

师傅，泥霞池哪里招待不周了？"

刀条脸和光头并不搭理她，他们出了院子，沿着小菜街，一前一后，向北走了。老板娘仰着脖子，冲着他们的背影大声说："你们会后悔的，去别处住，谁给你们免费洗衣服！"

老板娘回到泥霞池，就开始骂小暖。一会儿嫌她没给客人洗干净衣服，一会儿又嫌她跟客人说话冲了。小暖正给浴池烧着锅炉，唇角沾着煤灰，像是长了黑胡子。莫名其妙挨了骂，她还傻笑着。小暖心情好，她前晚上梦见了大贵。大贵穿着军服，肩章扛着好几颗星星，很威武。她早晨醒来，对自己说："看来他在那儿混出来了！"所以婆婆怎么埋怨她，她都没生气。反倒是劝婆婆："种地得换茬，老是种一样，庄稼不爱长。"言下之意，旧苗容易萎靡，新苗才会茁壮。旧的不去，新的不来。小暖的话，把一肚子火气的老板娘逗笑了。她负气地说："是啊，我就不信，泥霞池缺了这俩王八，还不成席了！"

因为那个女人的到来，陈东明白了宋师傅为什么这么多年来甘愿在寒市做安装工。他想，师傅肯定会找机会提醒他什么的。果然，第二天上工，午休的时候，宋师傅对陈东说："东子，回到上林，别跟人说我那老乡送鸡汤的事儿。万一传到你婶儿耳朵里，容易闹误会。"

陈东说："我懂。"

宋师傅说："我跟那女人，小时候一个屯子长大的，前后院住着。她胆小，怕狗，上学时总是跟在我屁股后面。后来她考上中专出来了，我们就断了联系了。六年前吧，我去一户人家安门窗，哪想到一敲门，开门的竟是她！她在市民政厅上班，管低保的。她有个女儿，比我儿子小两岁，高一了。她男人是个高级技工，养护飞机的，不常回家。有时候，我会去看看她。"

"她对你好！"陈东说，"她给你送鸡汤，你的肝病会好的。"

"女人啊，她是先伤了你的肝，再给你养哇。"宋师傅说完，哈哈笑了，算是承认了他与那女人的暧昧关系。他告诉陈东，一个男人，要是错过了自己喜欢的女人，那就是一生最大的不幸！他说："你要是真离不开小桃酥，就别怕伤了自尊，死缠着她别放手，要不，将来有你后悔的那一天！"

宋师傅的话，让陈东又鼓起了勇气。从这天开始，他一天一个电话地打给小桃酥。小桃酥开始是拒听，后来能跟他"喂——"一声，再后来，可以和他说上一两句话了。

有一天，她居然还"扑哧"笑了一声。这声笑，像一道阳光，让陈东觉得快要见到晴朗的日子了。他盼望着早点回到上林，去见小桃酥。他暗自发誓，以后小桃酥让他怎样他就怎样，哪怕手也不让拉，只要能看着她，闻着她身上的香气，就知足了。

秋天的活儿实在是多，尽管陈东归心似箭，可他脱不开身。不过因为小桃酥态度缓和了，他有了奔头，干活时又爱打口哨了。有一天收工早，陈东跑到百货商场，给小桃酥买了一个水晶音乐盒。盒子上镌刻着一对米老鼠，它们手拉手，喜气洋洋的。水晶的美是石破天惊的，陈东敛声屏气地看着它，轻轻地拨动音乐盒的弦。音乐就像一道温柔的月光，从水晶中迸射出来，手拉手的米老鼠随着音乐的节拍，缓缓旋转起来，陈东无比陶醉。尽管是在嘈杂的百货商场，他还是体会到了那无与伦比的美。陈东把音乐盒包装好，带回泥霞池，怕往来的人杂，他求小暖帮他收起来。小暖捧着那个盒子，撇着嘴问："什么东西这么金贵？"

陈东逗她："两只老鼠。"

小暖"哼"了一声，说："我明天抱个猫来，收拾了它们。"

陈东说:"你给我看好了东西,我给你买最好的苹果!"

小暖红了脸,说:"你买的苹果我不吃,青苗!"一把将他推出门。

刀条脸和光头走了后,新客人接连不断。不过这些人大都住不长,三天两天就走了。虽然泥霞池的生意一如从前的红火,但老板娘还是喜欢熟客,因为他们会把泥霞池当作在寒市的家,处处爱惜着。短客却不一样,这些人不是把马桶给弄堵了,就是将吃剩的东西扔在地上。他们让小暖洗衣服,毛病也多,常常要求用单独的清水,不能和别人的混在一起洗。小暖一会儿要去疏通马桶,一会儿要扫地,一会儿又要换水洗衣服,忙得团团转。她洗衣服前,习惯把兜挨个掏一掏,确定没东西后,再投入水盆中。有一天黄昏,陈东进了院子,听见小暖嘤嘤地哭。她坐在洗衣盆前,手中拈着一张照片。原来,她从一个客人的兜中翻出了一张照片,照片是一个中年男人的身影,背景是一个农家小院,墙上挂着农具和几辫子大蒜,地上有一条蜷伏的狗和一群争食儿的鸡。这场景让她想起老家,想起父母。大贵出事后,婆婆不让她出门,她整天忙活在泥霞池,那个世界好像离她越来越遥远了。现在,一张照片,就像一道闪电,把那个隐藏在她心中的故乡在瞬间照亮了。她

一会儿喊妈妈,一会儿叫爸爸,委屈得像个迷路的孩子。泥霞池的几个熟客,听着心里不落忍,都跟老板娘说,什么时候让小暖回去看看吧,人家也是有爹有娘的人!老板娘"呸"了一口,说:"她还有脸回去?!锦葵那地方的人谁不知道,是她把大贵害死的?她要是进了村,唾沫星子还不淹死她!"

"那也不能因为大贵死了,小暖就得背一辈子的黑锅吧!再说人又不是她杀的!"宋师傅终于忍不住了。

"是啊——"老板娘从牙缝里迸出一声笑,说,"她是没杀人,可不是她,大贵能使剑吗?!"说着说着,老板娘忽然悲从中来,她拍着腿,哭叫着:"我的大贵啊,妈的心头肉啊。"

老板娘一哭,小暖就不哭了。她放下那张照片,拧了一条毛巾,胆怯地递给婆婆。泥霞池的人,也只能摇摇头,无奈地叹息一声。

这天晚上,老板娘忽然从夜市让伙计提来一桶馄饨,请大家吃夜宵。泥霞池新住进来一个上访的人,这人来自农村,六十来岁,干瘦,倔强,一撇山羊胡子,他说村委会盖办公楼,强征了他家的沙果园。不到二十人的村委会,盖起了三层小楼,村长的办公室是个大套房,就连出纳员都有单独的屋子。老汉发誓说:"我告不倒这帮败家子,就不回去!"他把冬衣都带来了,看来要在泥霞池安营扎寨,不胜不归了。

人们以为老板娘迎来了这样的长客,心情好,才犒劳大家的。谁知一桶馄饨吃得见了底儿后,老板娘拍着柜台,得意地宣告:"我那负心的男人,小贵的爷爷,他不是娶了那个小骚货吗?怎么样?听说那小骚货得了绝症,活不长了,真是现世现报啊!"说完,让伙计将空桶提走,还赏了他二十块钱的跑腿费。

老板娘这么一说,大家都觉得跟吃了苍蝇似的,胃里不舒服。只有花砖,他说肉馅的馄饨真香,心满意足地睡了。

小暖很久不喝酒了,所以这天她提着酒瓶子进来的时候,大家都有些不习惯了。她进屋后,把鸡腿给了花砖,自己凑到电视机前,边看边空口喝酒。

那个上访的老人正拍打着布鞋上的灰,看见小暖这样喝酒,他"啧啧"着说:"姑娘,你这不是往自己的肚子里蓄火苗子吗?不担心它烧坏了你?"

他这一说不要紧,小暖居然对着瓶嘴儿,"咕嘟咕嘟"地连喝了几大口,然后一抹嘴,轻蔑地说了句:"老山羊!"

大家知道她是抢白老人呢，都笑起来。偏偏老人有点文化，把"山羊"领会成"赡养"了，他乐呵呵地说："啊，你放心，我老了有人赡养，俩儿子呢！"

大家笑得越发起劲了，简直像过年一样。

小暖喝光了酒，对着电视懒懒地说了句"没意思"，一转身，把空酒瓶摆在柜台上，哀怨地看了一眼耿师傅的铺，抱起花砖，给他洗手洗脚去了。当她从洗手间出来的时候，眼圈红着，她把花砖放到铺上，拎起耿师傅的枕头，用力抖搂着，叫着："全是灰！灰！"用拳头捶了几下。打完枕头，她又现出后悔的样子，轻轻摩挲了几下。

小暖走了。老熟客们以为砸东西的声音很快会传来，然而没有。接下来老板娘惯常地进来收拾抽屉里一天结算下来的钱时，也是一副若无其事的表情。夜越来越深，人们以为小暖只是馋酒了，喝喝而已，便关了灯，睡了。

然而夜半时分，泥霞池的人还是被摔东西的声音扰醒了。这次小暖好像不是在屋子里砸东西，声音是在院子里腾起的，大概她是敞着门往外扔东西的。醒了的人，知道的会嘟囔句"这么晚还瞎搞什么"，不明就里的则会埋怨一句："怎么这么不肃静啊。"不过小暖只是闹了几分钟，院子很快安静下来了。人们只当是被噩梦惊醒了片刻，翻个身,接着睡了。

陈东睡不着,他听见门外响起摩托车声,心想这一定是老板娘约的主儿来了。陈东想,这人骑着摩托,一定是派出所那个管片的民警,趁着值夜班,寻欢来了。陈东慨叹着世道不好,有点气闷。不过他一想起小桃酥,心情又畅快了。这一想不要紧,他的脑海中突然闪现出给小桃酥买的水晶音乐盒,小暖喝多了,肯定逮着什么摔什么,万一把它砸了,那就糟糕了!因为他买的时候,这是最后一个了,售货员还夸他运气好呢。

陈东睡意全无,他披衣下地,悄悄打开门,来到院子。毕竟是秋天了,夜很凉,陈东打了个哆嗦。那晚的月光真好,它们触角分明、清清白白地落了满院子。陈东发现一些碎片在月光下闪出黝蓝的光,他蹲下来,辨别出那是玻璃的碎片。他不知道若是水晶碎了,会在月光下发出什么光?一定是彩虹般的颜色吧。陈东放了心,正要回屋的时候,忽然听见小暖的耳房传来床哑哑的叫声,好像那里有只乌鸦,正一边啄着美食,一边快乐地叫着。陈东触电似的,僵在那里。他身下的伙伴很不争气,像上次一样,又蠢蠢欲动了。就在此时,从火车站传来几声短促却清亮的汽笛声,陈东打了个寒战,清醒过来,赶紧回屋。不过,

这一夜他失眠了。所以他知道，耿师傅是凌晨四点才回来的。

虽说前一夜的月光是那么的丰盈，可是第二天早晨，却是阴雨蒙蒙。宋师傅和陈东这天的活儿，在唐人苑。这里是寒市的老城区，不需要转车，从泥霞池到那儿，五站就到了。在公交车上，宋师傅对陈东说："我那个老乡，就住在唐人苑。那一带是市气象厅、民政厅、水利厅的家属区。"

陈东说："那你中午去老乡那儿吃吧，让她给你熬点鸡汤，补补！"

宋师傅有些不好意思地说："昨晚上已经跟她电话中说了，要不你也过去一起吃？"

陈东一拍胸脯说："我的肝没问题，不用补！"

宋师傅"哼"了一声，说："早晚也得让小桃酥给你伤着！"师徒俩在公共汽车上大笑，不知道的，以为他们是一对父子，中了大彩。

唐人苑的业主是个面目和善的中年人，宋师傅他们一到，他就上班去了。走前，他给干活的工人每人发了三块钱，说是中午买盒饭的。除了宋师傅和陈东，还有一男一女。女的戴着个大口罩，穿着蓝袍子，握着砂纸，打磨着洗手间的大理石台面；男的瘦高个，在安装窗帘杆。这是套老房子，举架高，但格局不好，采光差。旧房子新装，往往给人一种不伦不类的感觉。陈东看着闷头闷脑的吊棚和左一盏右一盏的镭射灯，看着用假玉石镶嵌起来的花花绿绿的电视墙，看着餐厅角落里滑稽的酒吧台，觉得自己看到的是一个咧着嘴、努力露出几颗金牙的老汉，想笑。他想，将来他和小桃酥的新房，可不能这么个布置法。心情好，陈东干活的时候，又打起了口哨。到了中午，宋师傅走了，那个安装窗帘杆的人下楼买饭的时候，很客气地问陈东，要不要帮他捎一份饭回来？陈东见外面在下雨，就给了那人五块钱，请他买几个肉包子。那个女工摘下口罩，说是自己没带伞，请师傅也帮她捎一份，她递过去三块钱，说是买两个韭菜盒子就行。高个子师傅接过钱，爽快地答应了，打着伞出去了。

　　陈东无聊，跑到酒吧台下可以旋转的红椅子上坐下来。那椅子很窄巴，陈东嘟囔一句："要是屁股大了还坐不下呢！"

　　他的话，把那个女工逗得"扑哧"一声笑了。陈东仔细看她，发现她模样还真不错，虽然脸黑，又有雀斑，但她的眼睛又黑又大，高鼻梁，嘴唇也红润。而且，她像小

桃酥和小暖一样，丰满和善。当她跑到窗前去看雨的时候，陈东看着她滚圆的屁股，想起昨夜小暖屋子传出的声音，又热血沸腾了。室内越来越昏暗，看来雨并没有把阴云稀释了，它反而越聚越多。突然，一个炸雷"咔啦"一声响起，女工吓得缩回头来，嘭嘭把窗关上，转过身来。她那惊魂未定的样子楚楚可怜，惹人心动，陈东从椅子上跳下来，奔她而去，一把将她抱住。他抱住她的时候，闻到了一股好闻的奶香味，原来这是个哺乳期的女人。陈东不顾这女人的哀求，将她按倒在地。窗外的雨越来越大了，陈东的世界波涛滚滚，激情浩荡。他在他十九岁的时候，在这个昏昧时刻，在别人家的屋子里，莽撞地闯入一个女人的领地。他觉得自己是个饥饿的旅人，终于抵达了鱼米之乡，激动得哭了。那女人看见他的泪水，不再反抗。陈东开始了快乐的漫步。然而没有多久，安装窗帘杆的师傅回来了，那个莺歌燕舞的世界刹那间变得肃杀凄凉。陈东被一只有力的大手给揪起来的时候，体会到了骨肉分离的那种锥心刺骨的感觉。

第六章

耿师傅的事情,是宋师傅来探监的时候,告诉陈东的。

陈东出事不久,耿师傅连续两天没有回到泥霞池。小暖很心焦,她坐在树桩下洗衣服时,只要听见院子里响起脚步声,就会停下手中的活儿,看看来人。当她发现那不是耿师傅的时候,就叹口气。花砖毕竟年少,虽然晚上他也吵闹着要爸爸,但只要泥霞池的人给了他饼干或是汽水,他吃饱了喝足了,也就安静地睡了。耿师傅失踪的第三天晚上,泥霞池的人聚集在电视机前看电影频道的一个功夫片,中间插播广告时,小暖拿着遥控器,啪啪地换台。当寒市电视台的频道出现的时候,闪现在屏幕上的,是一个趴在电线杆上的人。画外音说:"今天凌晨,在301国道两公里处,一位大货车司机发现了这个吊在高空的贼,他是在偷窃高压电缆时,被电流击中身亡的。从现场情况分析,这个窃贼应有同伙,他们发现他死亡后,逃离了现场。目前死者的身份尚不确定,警方正在积极地调查之中。"

这窃贼穿一件蓝衫,右袖口有一块黄色的补丁。宋师傅说,耿师傅开货车运啤酒时,一天到晚地握着方向盘,

袖子磨损得厉害。小暖给他洗衣服时,只要发现有破的地方,就及时补上。她打补丁,不像别的女人,找靠色的布条,小暖喜欢用鲜亮的布来打补丁,所以耿师傅的几件衣服,袖子上的补丁不是绿色的,就是黄色的。都不用电视镜头对准死者的脸,泥霞池的熟客们,一看那件打着黄补丁的蓝衫,都惊叫起来。耿师傅看上去像是一只歇脚的苍鹰,而那块补丁,分明就是落在上面的一只娇艳的蝴蝶。

宋师傅说,小暖发现那是耿师傅后,倒是很镇定,她扔下遥控器,将看电视的花砖揽到怀中。不明真相的花砖还叫着:"我要看那个吊在电线杆子上的人,太好玩了!"这声喊,催下了小暖的泪水。那个晚上,她凄凉地走进婆婆的屋子,告诉她耿师傅死了。接着,朝婆婆要了十块钱,到街对面的水果摊买了两斤苹果,倚着树桩,脚搭在洗衣盆上,吃了一夜的苹果。早晨时,她找了把铁锹,把吃剩的果核埋在树桩下,接着洗她的衣服了。

耿师傅的结局,让陈东痛惜不已。宋师傅说,耿师傅死了后,花砖直到春节时,才被妈妈领走。那女人来泥霞池的时候,穿着长筒的皮靴子,一件枣红色的羊绒大衣,小暖见了她,一阵发抖。花砖跟小暖有了感情,离别的时候哭了,小暖也哭了。等他们走了后,老板娘数落小暖:

"你见了那娘们怕啥?还哆嗦上了,真没出息!"小暖很认真地说:"《西游记》里孙悟空打的那个妖精,不就是她吗?乍一看,一模一样,吓我一跳!"说完,又打了个寒战,说:"她能吸人的血!"

陈东已经服刑半年了。在对他量刑的时候,法官之间还有过一番争执。有人主张轻判,因为据陈东供述,那个女工初始反抗,后来是顺从的。可主张重判的人认为,陈东是高中毕业生,知法犯法,强奸一个哺乳期的女人,致使这女人精神恍惚,奶水枯竭,后果严重,影响恶劣,理应重判。对陈东不利的还有,那个房主通过法院,起诉了上林门窗厂。说是你们厂的工人,在我的洞房里强奸女工,给我和未婚妻的心中带来了浓重的阴影,要求厂子给予精神损害的赔偿。原来,房主的前妻去世了,他苦苦寻觅多年,终于找到一位如意伴侣,喜滋滋地装修房屋,准备迎娶新娘。他怎么能料到,这样的事情会发生在他的洞房呢!最终,陈东被判了六年有期徒刑。那些盼望轻判的人嫌它太重了,而希望重判的人又觉得它过于轻了。陈东觉得,这个判决对自己来说不轻不重,可以接受。六年之后,他不过二十五岁,人生还可以重新开始。可是,上个月父亲来探监的时候,带来了小桃酥跟刘巍结婚的消息,这让陈

东陷入了绝望。其实他也明白，自己成了囚徒，小桃酥会离开他的，但他没有料到她会离开得这么快。晚上躺在监舍里，他睡不着觉的时候，会想起小桃酥，想起她身上的甜香气，想起自己给她买的还没来得及送出的水晶音乐盒，这时他就会黯然泪流。

陈东服刑的监狱离寒市有三十多公里，宋师傅来看他两次了。他说这辈子最愧疚的，就是不该让陈东住在泥霞池那样的地方。在他看来，那是徒弟犯罪的根源。陈东便问师傅，那您从那儿搬出来了吗？宋师傅摇摇头，说："那儿有小暖给洗衣服，舍不得出来啊。"陈东哽咽地说："有一天我出去了，到了寒市，还会住那儿的。"

宋师傅说，陈东进了监狱不久，小暖就跟老板娘说，想来看他。四月积雪消融的时候，老板娘终于应允了。结果她白跑了一趟，因为只有持探监证的犯人的直系亲属和持身份证的犯人的朋友，才可探监。而小暖虽然生活在寒市，一直以来，都没有身份证。小暖从监狱回到泥霞池后，跟老板娘大闹了一场，说她可以一辈子不嫁人，但她不能连个身份证都没有，她又不是猫狗！这样，老板娘拿出户口簿，开始给小暖补办身份证。

陈东不喜欢家人来探监，他不忍面对他们。开始时，父亲对每月两次的探监日子绝不错过，总是风尘仆仆地从上林赶来。他眼见着父亲的脸上多了皱纹，鬓角添了白发。每次父亲离开，他都要难过好久。所以有一次他对父亲说，您只有少来，我才能改造得好。这样，父亲答应他两个月来一次了。

陈东他们白天出去劳动。监狱附近，是一个农场，庄稼地一望无际。陈东眼见着几个月前还是一片荒芜的土地，在春风的吹拂下，泛起了无穷的生机。陈东学会了栽秧、除草、间苗等农活。每当歇息的时候，他坐在绿油油的田间，看着麻雀一群群地飞舞，内心就会泛起要及早走出监狱的渴望。有的时候，他眯着眼感受阳光和清风的时候，会忘却了自己的身份。然而总是在他最忘情的时刻，旁边会有脚步声响起，他睁眼的一瞬，看见的不是身上印有编号的狱友，就是手持钢枪的警卫，让他明白，自己已是一个犯人了。

夏天的一个日子，小暖终于来了。陈东坐在探监室，看着朝他走来的洗衣妇时，有一种要哭的欲望。

小暖穿着一件葱绿色的短袖衫，梳着马尾辫，提着个蓝布兜，一瘸一拐地过来了。她比过去瘦了，下巴也更尖了，那双杏核眼，雾蒙蒙的。她坐在陈东对面，隔着玻璃

幕墙，咳嗽了两声，将手在胸前蹭了蹭，怯怯地拿起听筒。

"你的腿怎么了？"陈东急切地问。

"我哪知道，往你们这儿来，还要过一个地道呢。我以为登记完，过了那个大铁门，就到了！"小暖埋怨说，"那个地道太长了，虽说有灯，可没什么人走，阴森森的，我害怕，就跑，把脚脖子崴了。"

"那你怎么回去？"陈东说。

"反正这儿又不让我住，我怎么的也得回去，再说汽车有脚，不怕。"小暖说完，笑了。她的笑容还是那么灿烂。她定睛看了陈东半晌，说："你比过去黑了，瘦了，看来是在田里干活了。"

陈东点了点头，说："你也比过去瘦了，不过还挺白净的。"

小暖说："我在锦葵的时候，就是天天下地，大太阳烤着，也晒不黑，我妈说我血管里流的是羊奶。你说要真是那样的话，我妈不就成了母羊了吗？"

"那你就是小羊羔了！"陈东笑起来。

小暖说："我有身份证了，补办的，仨月才下来，要不我早来了！人家都说身份证上的照片比本人的要难看，我照的呢，泥霞池的人看了，都说比本人好看！"

"那你拿出来我看看。"陈东说。

小暖沮丧地说:"押在登记室了,等走的时候人家才能还我呢。"

陈东安慰她说:"不要紧,等六年后我出去了,再看吧。反正照片不像人似的,会变老。"

说到"六年"这个字眼,小暖忽然变得期期艾艾的:"六年,太、太长了。要是养活个孩子,都、都能叫爸了。"

"不长!"陈东说,"六年一晃儿就过去了。"

小暖左右看了看,忽然压低声说:"我听说了,那事还没完,你就被人给逮着了?你说那得多难受啊。狗在那时候,你要是用棒子把它们拨拉开,它们还不得咬死你呀!那个安窗帘杆的师傅,他要是住在泥霞池,我非把他的衣服捣烂了不可!"小暖一旦愤慨起来,话语又流畅了。

陈东实在忍不住,大笑起来。说实在的,家人和朋友来探监,从来没有像小暖这样,让他这么舒畅。

小暖仍然气愤难平,她的声调不自觉地提高了:"就做了一半的事儿,关你六年,太重了!早知道,那天晚上你喝多了去抱我,我不该把你拖出去的!我想你还是个孩子,不该沾我,我不好,常喝酒摔东西的。"小暖的声音又渐渐低下去,头也低下去,她轻轻叹息了一声:"青苗——"一

副要哭的模样。

陈东赶紧说:"我没怨你,你别难过。"

小暖这才抬起头来,不过她的眼睛已是湿漉漉的了。

陈东不想让小暖伤心,就向她打听泥霞池的一些事情,问那个上访的人走了吗?

小暖立刻又活跃起来,说:"那个老山羊啊,过年时回去了!说是有人答应管那事儿了。他走了,刀条脸和光头又回来了。他们都说,一个男人在外面,身边离不开一个洗衣服的女人!"

"光头今年回来干什么呢?"陈东问,"还卖孔雀羽毛和葫芦丝?"

"那东西不时兴了,他今年跟一个江西人一起,倒腾瓷器呢。"小暖说,"还挺赚钱的呢。"

"金鱼眼呢?"

"他呀,发了,不住这儿了。"小暖撇着嘴说,"怎么发的咱也不知道。"

陈东小心翼翼地说:"耿师傅太可惜了。"

小暖咬着嘴唇,说:"他存心是不想活了,你想他爬那么高,不就是要离开地吗?老天一看,你这是想上天啊,就甩出电鞭子,一抽,把他卷上天了。"小暖虽然说得俏皮，但她的声音是颤抖的。

陈东问："你每天还都洗衣服？"

小暖点了点头，问："在这儿没人给你洗衣服吧？"

陈东说："我自己洗。"

"要知道你有今天——"小暖迟疑了一下，说，"你在泥霞池时，我该手把手教你洗衣服的。"

小暖的话，比春风还要撩人。虽然隔着玻璃幕墙，但陈东似乎闻到了小暖身上的气息，那混合着苹果香味和皂香的气息。入狱后，他身下的伙伴比他还垂头丧气，他以为它彻底完蛋了，他的青春戛然而止了，谁能想到，这一刻，它竟像一只翅膀硬了的雏鸟一样，要寻找自己的天空，又要飞翔了。陈东又是喜悦又是羞愧，他握着听筒的手心出汗了，脸颊也发烫了，他多想拥抱着小暖，和她酣畅淋漓地做场爱，释放他的青春和悔恨啊。直到此时，他才醒悟，强奸一个女人，是多么的愚蠢！

小暖并没有察觉到陈东内心的变化，见陈东不语，她也沉默了一刻，然后抽了抽鼻子，说："对了，宋师傅来看你时，跟没跟你说，院子里那个树桩，它长出苗了！这苗是春天时从树根那儿发出来的，开始我还以为是榆树发芽了呢！现在它长了快两拃高了，我一看叶子，知道那不是

榆树的，你猜是什么苗？"

陈东说："你爱坐在那儿吃苹果，肯定是苹果苗！"

"啊，青苗——青苗——你可真聪明！"小暖扭了扭身子，兴奋地说，"等你出去时，这苗长高了，成了树了，就会开花结果了！"

他们正谈得兴味盎然，狱警进来提示，探视时间只剩十分钟了。他这一说，小暖立刻放下听筒，手忙脚乱地打开蓝布兜，然后抓起听筒说："你还拉在泥霞池一件衣裳呢，我给你洗了，带来了。还有那件你让我帮着看着的东西，我也带来了。可这里的人把它打开后，说是衣服能留下，这个东西不行，说它是玻璃的，我就举着你看看吧！"

小暖一手握着听筒，一手托举着那个水晶音乐盒。明亮的阳光将它照得晶莹剔透，似乎从里面要流出水来。

小暖说："这东西我带回去，帮你存着。你看，到底是玻璃老鼠，饿了快一年了，也没见瘦！"

陈东再次被她逗笑了，说："这可不是玻璃的，它是水晶的！你拨一下盒子下的弦，它会转，还能发出音乐声。"

"真的?!"小暖放下听筒，将音乐盒放到胸前，兴奋地拨动弦。当两只手拉手的米老鼠旋转起来，清凉的乐声迸射出来的那一瞬，小暖就像捧了一世界的繁花，被美惊着了！她颤抖着，音乐盒失手落在地上。水晶悦耳的碎裂声之后，是小暖的哭声。她哆哆嗦嗦地拿起听筒，像个做了错事的孩子，哀哀地说："我把不该摔的东西给摔了，拿什么赔你呀——"陈东说："为两只老鼠有什么好哭的？万一你把它们带回去，家里少了米，你婆婆还不得赖在它们身上？照样是个砸！再说了，自打我买了这玩意，没交好运！砸了它，我高兴！"小暖咬着嘴唇哭着，说："青苗，我太伤心了，可我不敢哭大发了。在这儿哭大发了，是不是犯法呀？要是把我给抓起来，谁给泥霞池的人洗衣服呀——"

2010 年 3 月

清水洗尘

天灶觉得人在年关洗澡跟给死猪燠毛一样没什么区别。猪被刮下粗粝的毛后显露出又白又嫩的皮,而人搓下满身的尘垢后也显得又白又嫩。不同的是猪被分割后成为了人口中的美餐。

礼镇的人把腊月二十七定为放水的日子。所谓"放水",就是洗澡。而郑家则把放水时烧水和倒水的活儿分配给了天灶。天灶从八岁起就开始承担这个义务,一做就是五年了。

这里的人们每年只洗一回澡,就是在腊月二十七的这天。虽然平时妇女和爱洁的小女孩也断不了洗洗刷刷,但

清水洗尘

只不过是小打小闹地洗。譬如妇女在夏季从田间归来路过水泡子时洗洗脚和腿，而小女孩在洗头发后就着水洗洗脖子和腋窝。所以盛夏时许多光着脊梁的小男孩的脖子和肚皮都黑黢黢的，好像那上面匍匐着黑蝙蝠。

天灶住的屋子被当成了浴室。火墙烧得很热，屋子里的窗帘早早就拉上了。天灶家洗澡的次序是由长至幼，老人、父母、最后才是孩子。爷爷未过世时，他是第一个洗澡的人。他洗得飞快，一刻钟就完了，澡盆里的水也不脏，于是天灶便就着那水草草地洗一通。每个人洗澡时都把门关紧，门帘也落下来。天灶洗澡时母亲总要在外面敲着门说："天灶，妈帮你搓搓背吧？"

"不用！"天灶像条鱼一样蜷在水里说。

"你一个人洗不干净！"母亲又说。

"怎么洗不干净？"天灶便用手指撩水，使之发出哗啦哗啦的声响，仿佛在告诉母亲他洗得很卖力。

"你不用害臊。"母亲在门外笑着说，"你就是妈妈生出来的，还怕妈妈看吗？"

天灶便在澡盆中下意识地夹紧了双腿，他红头涨脸地嚷："你老说什么？不用你洗就是不用你洗！"

天灶从未拥有过一盆真正的清水来洗澡。因为他要蹲

在灶台前烧水,每个人洗完后的脏水还要由他一桶桶地提出去倒掉,所以他只能见缝插针地就着家人用过的水洗。那种感觉一点也不舒服,纯粹是在应付。而且不管别人洗过的水有多干净,他总是觉得很浊,进了澡盆泡上个十几分钟,随便搓搓就出来了。他也不喜欢父母把他的住屋当成浴室,弄得屋子里空气湿浊,电灯泡上爬满了水珠,他晚上睡觉时感觉是睡在猪圈里。所以今年一过完小年,他就对母亲说:"今年洗澡该在天云的屋子里了。"

天云当时正在叠纸花,她气得一梗脖子说:"为什么要在我的屋子?"

"那为什么年年都非要在我的屋子?"天灶同样气得一梗脖子说。

"你是男孩子!"天云说,"不能弄脏女孩子的屋子!"天云振振有词地说,"而且你比我大好几岁,是哥哥,你还不让着我!"

天灶便不再理论,不过兀自嘟囔了一句:"我讨厌过年!年有个什么过头!"

家人便纷纷笑起来。自从爷爷过世后,奶奶在家中很少笑过,哪怕有些话使全家人笑得像开了的水直沸腾,她也无动于衷,大家都以为她耳朵背了。岂料她听了天灶的话后也使劲地笑了起来，笑得痰直上涌，一阵咳嗽，把假牙都喷出口来了。

天灶确实不喜欢过年。首先不喜欢过年的那些规矩，焚纸祭祖，磕头拜年，十字路口的白雪被烧纸的人家弄得像一摊摊狗屎一样脏，年仿佛被鬼气笼罩了。其次他不喜欢忙年的过程，人人都累得腰酸背痛，怨声连天。拆被、刷墙、糊灯笼、做新衣、蒸年糕等等，种种的活儿把大人孩子都牵制得像刺猬一样团团转。而且不光要给屋子扫尘，人最后还得为自己洗尘，一家老少在腊月二十七的这天因为卖力地搓洗掉一年的风尘而个个都显得面目浮肿，总是使他联想到屠夫用铁刷嚓嚓地给死猪煺毛的情景，内心有种隐隐的恶心。最后，他不喜欢过年时所有人都穿扮一新，新衣裳使人们显得古板可笑、拘谨做作。如果穿新衣服的人站成了一排，就很容易使天灶联想起城里布店里竖着的一匹匹僵直的布。而且天灶不能容忍过年非要在半夜过，那时他又困又乏，毫无食欲，可却要强打精神起来吃团圆饺子，他烦透了。他不止一次地想若是他手中有了至高无上的权力，第一项就要修改过年的时间。

奶奶第一个洗完了澡。天灶的母亲扶着颤颤巍巍的她出来了。天灶看见奶奶稀疏的白发湿漉漉地垂在肩头，下

垂的眼袋使突兀的颧骨有一种要脱落的感觉。而且她脸上的褐色老年斑被热气熏炙得愈发浓重，仿佛雷雨前天空中沉浮的乌云。天灶觉得洗澡后的奶奶显得格外臃肿，像只烂蘑菇一样让人看不得。他不知道人老后是否都是这副样子。奶奶嘘嘘地喘着粗气经过灶房回她的屋子，她见了天灶就说："你烧的水真热乎，洗得奶奶这个舒服，一年的乏算是全解了。你就着奶奶的水洗洗吧。"

母亲也说："奶奶一年也不出门，身上灰不大，那水还干净着呢。"

天灶并未搭话，他只是把柴火续了续，然后提着脏水桶进了自己的屋子。湿浊的热气在屋子里像癫狗一样东游西窜着，电灯泡上果然浮着一层鱼卵般的水珠。天灶吃力地搬起大澡盆，把水倒进脏水桶里，然后抹了抹额上的汗，提起桶出去倒水。路过灶房的时候，他发现奶奶还没有回屋，她见天灶提着满桶的水出来了，就张大了嘴，眼睛里现出格外凄凉的表情。

"你嫌奶奶——"她失神地说。

天灶什么也没说，他拉开门出去了。外面又黑又冷，他摇摇晃晃地提着水来到大门外的排水沟前。冬季时那里隆起了一个肮脏的大冰湖，许多男孩子都喜欢在冰湖下抽陀螺玩，他们叫它"冰嘎"。他们抽得很卖力，常常是把鼻涕都抽出来了。他们不仅白天玩，晚上有时月亮明得让人在屋子里待不住，他们便穿上厚棉袄出来抽陀螺，深冬的夜晚就不时传来"啪——啪——"的声音。

天灶看见冰湖下的雪地里有个矮矮的人影，他弓着身，似乎在寻找什么，手中夹着的烟头一明一灭的。

"天灶——"那人直起身说，"出来倒水啦？"

天灶听出是前趟房的同班同学肖大伟，便一边吃力地将脏水桶往冰湖上提，一边问："你在这干什么？"

"天快黑时我抽冰嘎，把它抽飞了，怎么也找不到。"肖大伟说。

"你不打个手电，怎么能找着？"天灶说着，把脏水"哗——"地从冰湖的尖顶当头浇下。

"这股洗澡水的味儿真难闻。"肖大伟大声说，"肯定是你奶奶洗的！"

"是又怎么样？"天灶说，"你爷爷洗出的味儿可能还不如这好闻呢！"

肖大伟的爷爷瘫痪多年，屎尿都得要人来把，肖大伟的妈妈已经把一头乌发侍候成了白发，声言不想再当孝顺儿媳了，要离开肖家，肖大伟的爸爸就用肖大伟抽陀螺的

皮鞭把老婆打得身上血痕纵横，弄得全礼镇的人都知道了。

"你今年就着谁的水洗澡？"肖大伟果然被激怒了，他挑衅地说，"我家年年都是我头一个洗，每回都是自己用一盆清水！"

"我自己也用一盆清水！"天灶理直气壮地说。

"别吹牛了！"肖大伟说，"你家年年放水时都得你烧水，你总是就着别人的脏水洗，谁不知道呢？"

"我告诉你爸爸你抽烟了！"天灶不知该如何还击了。

"我用烟头的亮儿找冰嘎，又不是学坏，你就是告诉他也没用！"

天灶只有万分恼火地提着脏水桶往回走，走了很远的时候，他又回头冲肖大伟喊道："今年我用清水洗！"

天灶说完抬头望了一下天，觉得那道通天的银河"唰"地亮了一层，仿佛是清冽的河水要倾盆而下，为他除去积郁在心头的怨愤。

奶奶的屋子传来了哭声，那苍老的哭声就像山洞的滴水声一样滞浊。

天灶拉开锅盖，一瓢瓢地把热水往大澡盆里倾倒。这时天灶的父亲过来了，他说："看你，把奶奶惹伤心了。"

天灶没说什么，他往热水里又兑了一些凉水。他用手指试了试水温,觉得若是父亲洗恰到好处,他喜欢凉一些的;若是天云或者母亲洗就得再加些热水。

"该谁了?"天灶问。

"我去洗吧,"父亲说,"你妈妈得陪奶奶一会儿。"

这时天云忽然从她的房间冲了出来,她只穿件蓝花背心,露出两条浑圆的胳膊,披散着头发,像个小海妖。她眼睛亮亮地说:"我去洗!"父亲说:"我洗得快。"

"我把辫子都解开了。"天云左右摇晃着脑袋,那发丝就像鸽子的翅膀一样起伏着,她颇为认真地对父亲说,"以后我得在你前面洗,你要是先洗了,我再用你用过的澡盆,万一怀上个孩子怎么办?算谁的?"

父亲笑得把一口痰给喷了出来,而天灶则笑得撇下了水瓢。天云嘟着丰满的小嘴,脸红得像炉膛里的火。

"谁告诉你用了爸爸洗过澡的盆,就会怀小孩子?"父亲依然"嗬嗬"地笑着问。

"别人告诉我的,你就别问了。"

天云开始指手画脚地吩咐天灶:"我要先洗头,给我舀上一脸盆的温水,我还要用妈妈使的那种带香味的蓝色洗头膏!"

天云无忌的话已使天灶先前沉闷的心情为之一朗,因

而他很乐意地为妹妹服务。他拿来脸盆，刚要往里舀水，天云跺了一下脚一迭声地说："不行不行！这么埋汰的盆，要给我刷干净了才能洗头！"

"挺干净的嘛。"父亲打趣天云。

"你们看看呀？盆沿儿那一圈油泥，跟蛇寡妇的大黑眼圈一样明显，还说干净呢！"天云梗着脖子一脸不屑地说。

蛇寡妇姓程，只因她喜欢跟镇子里的男人眉来眼去的，女人背地说她是毒蛇变的，久而久之就把她叫成了蛇寡妇。蛇寡妇没有子嗣，自在得很，每日都起得很迟，眼圈总是青着，让人不明白她把觉都睡到哪里了。她走路时习惯用手捶着腰。她喜欢镇子里的小女孩，女孩们常到蛇寡妇家翻腾她的箱底，把她年轻时用过的一些头饰都用甜言蜜语泡走了。

"我明白了——"天云的父亲说，"是蛇寡妇跟你说怀小孩子的事，这个骚婆子！"

"你怎么张口就骂人呢？"天云说，"真是！"

天灶打算用肥皂除掉污垢，可天云说用碱面更合适，天灶只好去碗柜中取碱面。他不由对妹妹说："洗个头还这么啰嗦，不就几根黄毛吗？"

天云顺手抓起几粒黄豆朝天灶撒去，说："你才是黄毛呢。"又说："每年只过一回年,我不把头洗得清清亮亮的,怎么扎新的头绫子?"

他们在灶房斗嘴嬉笑的时候,哭声仍然微风般地从奶奶的屋里传出。

天云说："奶奶哭什么?"

父亲看了一眼天灶,说："都是你哥哥,不用奶奶的洗澡水,惹她伤心了。这个年她恐怕不会有好心情了。"

"那她还会给我压岁钱么?"天云说,"要是没有了压岁钱,我就把天灶的课本全撕了,让他做不成寒假作业,开学时老师训他!"

天云与天灶一团和气时称他为"哥哥",而天灶稍有一点使她不开心了,她就直呼其名。

天灶刷干净了脸盆,他说："你敢把我的课本撕了,我就敢把你的新头绫子铰碎了,让你没法扎黄毛小辫!"

天云咬牙切齿地说："你敢!"

天灶一边往脸盆哗哗地舀水,一边说："你看我敢不敢?"

天云只能半是撒娇半是委屈地噙着泪花对父亲说："爸爸呀,你看看天灶——"

"他敢!"父亲举起了一只巴掌,在天灶面前比画了一

下，说，"到时我揍出他的屁来！"

天灶把脸盆和澡盆一一搬进自己的小屋。天云又声称自己要冲两遍头，让天灶再准备两盆清水。她又嫌窗帘拉得不严实，别人要是看见了怎么办？天灶只好把窗帘拉得更加密不透光，又像仆人一样恭恭敬敬地为她送上毛巾、木梳、拖鞋、洗头膏和香皂。天云这才像个女皇一样款款走进浴室，她闩上了门。隔了大约三分钟，从里面便传出了撩水的声音。

父亲到仓棚里去找那对塑料红色宫灯去了，它们被闲置了一年，肯定灰尘累累，家人都喜欢用天云洗过澡的水来擦拭宫灯，好像天云与鲜艳和光明有着密不可分的联系似的。

天灶把锅里的水填满，然后又续了一捧柴火，就悄悄离开灶台去奶奶的屋门前偷听她絮叨些什么。

奶奶边哭边说："当年全村的人数我最干净，谁不知道哇？我要是进了河里洗澡，鱼都躲得远远的，鱼天天待在水里，它们都知道身上没有我白，没有我干净……"

天灶忍不住捂着嘴偷偷乐了。

母亲顺水推舟地说："天灶这孩子不懂事，妈别跟他一般见识。妈的干净咱礼镇的人谁不知道？妈下的大酱左邻右舍的人都爱来要着吃，除了味儿跟别人家的不一样外，还不是因为干净？"

奶奶微妙地笑了一声，然后依然带着哭腔说："我的头发从来没有生过虱子，胳肢窝也没有臭味。我的脚趾盖里也不藏泥，我洗过澡的水，都能用来养牡丹花！"

奶奶的这个推理未免太大胆了些，所以母亲也忍不住"扑哧"一声乐了。天灶更是忍俊不禁，连忙疾步跑回灶台前，蹲下来对着熊熊的火焰哈哈地笑起来。这时父亲带着一身寒气提着两盏陈旧的宫灯进来了，他弄得满面灰尘，而且冻出了两截与年龄不相称的青鼻涕，这使他看上去像个捡破烂儿的。他见天灶笑，就问："你偷着乐什么？"

天灶便把听到的话小声地学给父亲。

父亲放下宫灯笑了："这个老小孩！"

锅里的水被火焰煎熬得吱吱直响，好像锅灶是炎夏，而锅里焖着一群知了，它们在不停地叫嚷"热死了，热死了"。火焰把天灶烤得脸颊发烫，他就跑到灶房的窗前，将脸颊贴在蒙有白霜的玻璃上。天灶先是觉得一股寒冷像针一样深深地刺痛了他，接着就觉得半面脸发麻，当他挪开脸颊时，一块半月形的玻璃本色就赫然显露出来。天灶擦了擦湿漉漉的脸颊，透过那块霜雪消尽的玻璃朝外面望去。

院子里黑黢黢的，什么都无法看清，只有天上的星星才现出微弱的光芒。天灶叹了一口气，很失落地收回目光，转身去看灶坑里的火。他刚蹲下身，灶房的门突然开了，一股寒气背后站着一个穿绿色软缎棉袄的女人，她黑着眼圈大声地问天灶：

"放水哪？"

天灶见是蛇寡妇，就有些爱理不睬地"哼"了一声。

"你爸呢？"蛇寡妇把双手从袄袖中抽出来，顺手把一缕鼻涕撸下来抹在自己的鞋帮上，这让天灶很作呕。

天灶的爸爸已经闻声过来了。

蛇寡妇说："大哥，帮我个忙吧。你看我把洗澡水都烧好了，可是澡盆坏了，倒上水哗哗直漏。"

"澡盆怎么漏了？"父亲问。

"还不是秋天时收饭豆，把豆子晒干了放在大澡盆里去皮，那皮又干又脆，把手都扒出血痕了，我就用一根松木棒去捶豆子，没成想把盆给捶漏了，当时也不知道。"

天灶的妈妈也过来了，她见了蛇寡妇很意外地"哦"了一声，然后淡淡打声招呼："来了啊？"

蛇寡妇也淡淡地应了一声，然后从袖口抽出一根桃红色的缎子头绳："给天云的！"

天灶见父母都不接那头绳，自己也不好去接。蛇寡妇就把头绳放在水缸盖上，使那口水缸看上去就像是陪嫁，喜气洋洋的。

"天云呢？"蛇寡妇问。

"正洗着呢。"母亲说。

"你家有没有锡？"父亲问。

未等蛇寡妇作答，天灶的母亲警觉地问："要锡干什么？"

"我家的澡盆漏了，求天灶他爸给补补。"蛇寡妇先回答女主人的话，然后才对男主人说，"没锡。"

"那就没法补了。"父亲顺水推舟地说。

"随便用脸盆洗洗吧。"天灶的母亲说。

蛇寡妇睁大了眼睛，一抖肩膀说："那可不行，一年才过一回年，不能将就。"她的话与天云的如出一辙。

"没锡我也没办法。"天云的父亲皱了皱眉头，然后说，"要不用油毡纸试试吧。你回家撕一块油毡纸，把它用火点着，将滴下来的油弄在漏水的地方，抹均匀了，凉透后也许就能把漏的地方弥住。"

"还是你帮我弄吧。"蛇寡妇在男人面前永远是一副天真表情，"我听都听不明白。"

天灶的父亲看了一眼自己的女人，其实他也用不着看，因为不管她脸上是赞同还是反对，她的心里肯定是一万个不乐意。但当大家把目光集中到她身上，需要她做出决断时，她还是故作大度地说："那你就去吧。"

蛇寡妇说了声"谢了"，然后就抄起袖子，走在头里。天灶的父亲只能紧随其后，他关上家门前回头看了一眼老婆，得到的是一个不折不扣的白眼和她随之吐出的一口痰，那道白眼和痰组成了一个醒目的惊叹号，使天灶的父亲在迈出门槛后战战兢兢的。他在寒风中行走的时候一再提醒自己要快去快回，绝不能喝蛇寡妇的茶，也不能抽她的烟，他要在唇间指畔纯洁地葆有他离开家门时的气息。

"天云真够讨厌的。"蛇寡妇一走，母亲就开始心烦意乱了，她拿着面盆去发面，却忘了放酵母，"都是她把蛇寡妇招来的。"

"谁叫你让爸爸去的？"天灶故意刺激母亲，"没准她会炒俩菜和爸爸喝一盅！"

"他敢！"母亲厉声说，"那样他回来我就不帮他搓背了！"

"他自己也能搓，他都这么大的人了，你还年年帮他搓背。"天灶"咦"了一声，母亲的脸便刷地红了，她抢白了天灶一句："好好烧你的水吧，大人的事不要多嘴。"

天灶便不多嘴了，但灶坑里的炉火是多嘴的，它们用金黄色的小舌头贪馋地舔着乌黑的锅底，把锅里的水吵得嗞嗞直叫。炉火的映照和水蒸气的熏炙使天灶有种昏昏欲睡的感觉。他不由蹲在锅灶前打起了盹。然而没有多一会儿，天云便用一只湿手把他揉醒了。天灶睁眼一看，天云已经洗完了澡，她脸蛋通红，头发湿漉漉地披散着，穿上了新的线衣线裤，一股香气从她身上横溢而出，她叫道："我洗完了！"

天灶揉了一下眼睛，恹恹无力地说："洗完了就完了呗，神气什么。"

"你就着我的水洗吧。"天云说。

"我才不呢。"天灶说，"你跟条大臭鱼一样，你用过的水有邪味儿！"

天灶的母亲刚好把发好的面团放到热炕上转身出来，天云就带着哭腔对母亲说："妈妈呀，你看天灶呀，他说我是条大臭鱼！"

"他再敢说我就缝他的嘴！"母亲说着，示威性地做了个挑针的动作。

天灶知道父母在他与天云斗嘴时，永远会偏袒天云，

他已习以为常，所以并不气恼，而是提着两盏灯笼进"浴室"除灰，这时他听见天云在灶房惊喜地叫道："水缸盖上的头绫子是给我的吧？真漂亮呀！"

那对灯笼是硬塑的，由于用了好些年，塑料有些老化萎缩，使它们看上去并不圆圆满满。而且它的红颜色显旧，中圈被光密集照射的地方已经泛白，看不出任何喜气了。所以点灯笼时要在里面安上两个红灯泡，否则它们可能泛出的是与除夕气氛相悖的青白的光。天灶一边刷灯笼一边想着有关过年的繁文缛节，便不免有些气恼，他不由大声对自己说："过年有个什么意思！"回答他的是扑面而来的洋溢在屋里的湿浊的气息，于是他恼上加恼，又大声对自己说："我要把年挪到六月份，人人都可以去河里洗澡！"

天灶刷完了灯笼，然后把脏水一桶桶地提到外面倒掉。冰湖那儿已经没有肖大伟的影子了，不知他的"冰嘎"是否找到了。夜色已深，星星因黑暗的加剧而显得气息奄奄，微弱的光芒宛如一个人在弥留之际细若游丝的气息。天灶望了一眼天，便不想再看了。因为他觉得这些星星被强大的黑暗给欺负得噤若寒蝉，一派凄凉，无边的寒冷也催促他尽快走回屋内。

父亲还没有回来，母亲脸上的神色就有些焦虑。该轮到她洗澡了,天灶为她冲洗干净了澡盆,然后将热水倾倒进去。母亲木讷地看着澡盆上的微微旋起的热气,好像在无奈地等待一条美人鱼突然从中跳出来。

天灶提醒她:"妈妈,水都好了!"

母亲"哦"了一声,叹了口气说:"你爸爸怎么还不回来?要不你去蛇寡妇家看看?"

天灶故作糊涂地说:"我不去,爸爸是个大人又丢不了,再说我还得烧水呢,要去你去。"

"我才不去呢。"母亲说,"蛇寡妇没什么了不起。"说完,她仿佛陡然恢复了自信。提高声调说:"当初我跟你爸爸好的时候,有个老师追我,我都没答应,就一门心思地看上你爸爸了,他不就是个泥瓦匠嘛。"

"谁让你不跟那个老师呢?"天灶激将母亲,"那样的话我在家里上学就行了。"

"要是我跟了那老师,就不会有你了!"母亲终于抑制不住地笑了,"我得洗澡了,一会儿水该凉了。"

天云在自己的小屋里一身清爽地摆弄新衣裳,天灶听见她在唱:"小狗狗伸出小舌头,够我手里的小画书。小画书上也有个小狗狗,它趴在太阳底下睡觉觉。"

天云喜欢自己编儿歌,高兴时那儿歌的内容一派温情,生气时则充满火药味。比如有一回她用鸡毛掸子拂掉了一只花瓶,把它摔碎了,母亲说了她,她不服气,回到自己的屋子就编儿歌:"鸡毛掸是个大灰狼,花瓶是个小羊羔。我饿了三天三夜没吃饭,见了你怎么能放过!"言下之意,花瓶这个小羊羔是该吃的,谁让它自己不会长脚跑掉呢。家人听了都笑,觉得真不该用一只花瓶来让她受委屈。于是就说:"那花瓶也是该打,都旧成那样了,留着也没人看!"天云便破涕为笑了。

天灶又往锅里添满了水,他将火炭拨了拨,拨起一片金黄色的火星像蒲公英一样地飞,然后他放进两块比较粗的松木枝。这时奶奶蹒跚地从屋里出来了,她的湿头发已经干了,但仍然是垂在肩头,没有盘起来,这使她看上去很难看。奶奶体态臃肿,眼袋松松垂着,平日它们像两颗青葡萄,而今日因为哭过的缘故,眼袋就像一对红色的灯笼花,那些老年斑则像陈年落叶一样匍匐在脸上。天灶想告诉奶奶,只有又黑又密的头发才适合披着,斑白稀少的头发若是长短不一地披下来,就会给人一种白痴的感觉。可他不想再惹奶奶伤心了,所以马上垂下头来烧水。

"天灶——"奶奶带着悲愤的腔调说,"你就那么嫌弃我?我用过的水你把它泼了,我站在你跟前你都不多看一眼?"

天灶没有搭腔,也没有抬头。

"你是不想让奶奶过这个年了?"奶奶的声音越来越悲凉了。

"没有。"天灶说,"我只想用清水洗澡,不用别人用过的水。天云的我也没用。"天灶垂头说着。

"天云的水是用来刷灯笼的!"奶奶很孩子气地分辩说。

"一会儿妈妈用过的水我也不用。"天灶强调说。

"那你爸爸的呢?"奶奶不依不饶地问。

"不用!"天灶斩钉截铁地说。

奶奶这才有些和颜悦色地说:"天灶啊,人都有老的时候,别看你现在是个孩子,细皮嫩肉的,早晚有一天会跟奶奶一样皮松肉散,你说是不是?"

天灶为了让奶奶快些离开,所以抬头看了她一眼,干脆地答道:"是!"

"我像你这么大时,比你水灵着呢。"奶奶说,"就跟开春时最早从地里冒出的羊角葱一样嫩!"

"我相信!"天灶说,"我年纪大时肯定还不如奶奶呢,我不得腰弯得头都快着地,满脸长着癞?"

奶奶先是笑了两声,后来大约意识到孙子为自己规划

167

的远景太黯淡了，所以就说："癞是狗长的，人怎么能长癞呢？就是长癞，也是那些丧良心的人才会长。你知道人总有老的时候就行了，不许胡咒自己。"

天灶说："嗳——"

奶奶又絮絮叨叨地询问灯笼刷得干不干净，该炒的黄豆泡上了没有。然后她用手抚了一下水缸盖，嫌那上面的油泥还待在原处，便责备家里人的好吃懒做，哪有点过年的气氛。随之她又唠叨她青春时代的年如何过的，总之是既洁净又富贵。最后说得嘴干了，这才唉声叹气地回屋了。天灶听见奶奶在屋子里不断咳嗽着，便知她要睡觉了。她每晚临睡前总要清理一下肺脏，透彻地咳嗽一番，这才会平心静气地睡去。果然，咳嗽声一止息，奶奶屋子的灯光随之消失了。

天灶便长长地吁了口气。

母亲历年洗澡都洗得很漫长，起码要一个钟头。说是要泡透了，才能把身上的灰全部搓掉。然而今年她只洗了半个小时就出来了。她见到天灶急切地问："你爸还没回来？"

"没。"天灶说。

"去了这么长时间，"母亲忧戚地说，"十个澡盆都补好了。"

　　天灶提起脏水桶正打算把母亲用过的水倒掉，母亲说："你爸还没回来，我今年洗的时间又短，你就着妈妈的水洗吧。"

　　天灶坚决地说："不！"

　　母亲有些意外地看了眼天灶，然后说："那我就着水先洗两件衣裳，这么好的水倒掉可惜了。"

　　母亲就提着两件脏衣服去洗了。天灶听见衣服在洗衣板上被激烈地揉搓的声音，就像饿极了的猪吃食一样。天灶想，如果父亲不及时赶回家中，这两件衣服非要被洗碎不可。

　　然而这两件衣服并不红颜薄命，就在洗衣声变得有些凄厉的时候，父亲一身寒气地推门而至了。他神色慌张，脸上印满黑灰，像是京剧中老生的脸谱。

　　"该到我了吧？"他问天灶。

　　天灶"嗯"了一声。这时母亲手上沾满肥皂泡从里面出来，她看了一眼自己的男人，眼眉一挑，说："哟，修了这么长时间，还修了一脸的灰，那漏儿堵上了吧？"

　　"堵上了。"父亲张口结舌地说。

　　"堵得好？"母亲从牙缝中迸出三个字。

"好。"父亲茫然答道。

母亲"哼"了一声,父亲便连忙红着脸补充说:"是澡盆的漏儿堵得好。"

"她没赏你一盆水洗洗脸?"母亲依然冷嘲热讽着。

父亲用手抹了一下脸,岂料手上的黑灰比脸上的还多,这一抹使脸更加花哨了。他十分委屈地说:"我只帮她干活,没喝她一口水,没抽她一根烟,连脸都没敢在她家洗。"

"哟,够顾家的。"母亲说,"你这一脸的灰怎么弄的?钻她家的炕洞了吧?"

父亲就像一个做错了事的孩子似的仍然站在原处,他毕恭毕敬的,好像面对的不是妻子,而是长辈。他说:"我一进她家,就被烟呛得直淌眼泪。她也够可怜的了,都三年了没打过火墙。火是得天天烧,你想那灰还不全挂在烟洞里?一烧火炉子就往出燎烟,什么人受得了?难怪她天天黑着眼圈。我帮她补好澡盆,想着她一个寡妇这么过年太可怜,就帮她掏了掏火墙。"

"火墙热着你就敢掏?"母亲不信地问。

"所以说只打了三块砖,只掏一点灰,烟道就畅了。先让她将就过个年,等开春时再帮她彻底掏一回。"父亲傻里傻气地如实相告。

"她可真有福。"母亲故作笑容说,"不花钱就能请小工。"

母亲说完就唤天灶把水倒了,她的衣裳洗完了。天灶便提着脏水桶,绕过仍然惶惶不安的父亲去倒脏水。等他回来时,父亲已经把脸上的黑灰洗掉了。脸盆里的水仿佛被乌贼鱼给搅扰了个尽兴,一派墨色。母亲觑了一眼,说:"这水让天灶带到学校刷黑板吧。"

父亲说:"看你,别这么说不行么?我不过是帮她干了点活。"

"我又没说你不能帮她干活。"母亲显然是醋意大发了,"你就是住过去我也没意见。"

父亲不再说什么,因为说什么也无济于事了。天灶连忙为他准备洗澡水。天灶想父亲一旦进屋洗澡了,母亲的牢骚就会止息,父亲的尴尬才能解除。果然,当一盆温热而清爽的洗澡水摆在天灶的屋子里,母亲提着两件洗好的衣裳抽身而出。父亲在关上门的一瞬小声问自己女人:"一会儿帮我搓搓背吧?"

"自己凑合着搓吧。"母亲仍然怨气冲天地说。

天灶不由暗自笑了,他想父亲真是可怜,不过帮蛇寡妇多干了一样活,回来就一副低眉顺眼的样子。往年母亲

都要在父亲洗澡时进去一刻,帮他搓搓背,看来今年这个享受要像艳阳天一样离父亲而去了。

天灶把锅里的水再次添满,然后又饶有兴致地往灶坑里添柴。这时母亲走过来问他:"还烧水做什么?"

"给我自己用。"

"你不用你爸爸的水?"

"我要用清水。"天灶强调说。

母亲没再说什么,她进了天云的屋子了。天灶没有听见天云的声音,以往母亲一进她的屋子,她就像盛夏水边的青蛙一样叫个不休。天云屋子的灯突然被关掉了,天灶正诧异着,母亲出来了,她说:"天云真是的,手中拿着头绫子就睡着了。被子只盖在腿上,肚脐都露着,要是夜里着凉拉肚子怎么办?灯也忘了闭,要过年把她给兴过头了,兴得都乏了。"

天灶笑了,他拨了拨柴火,再次重温金色的火星飞舞的辉煌情景。在他看来,灶坑就是一个永无白昼的夜空,而火星则是满天的繁星。这个星空带给人的永远是温暖的感觉。

锅里的水开始热情洋溢地唱歌了。柴火也烧得哔剥有声。母亲回到她与天灶父亲所住的屋子,她洗好了衣服。

然而她显得心神不定，每隔几分钟就要从屋门探出头来问天灶："什么响？"

"没什么响。"天灶说。

"可我听见动静了。"母亲说，"不是你爸爸在叫我吧？"

"不是。"天灶如实说。

母亲便有些泄气地收回头。然而没过多久她又探出头问："什么响？"而且手里提着她上次探头时叠着的衣裳。

天灶明白母亲的心思了，他说："是爸爸在叫你。"

"他叫我？"母亲的眼睛亮了一下，继而又摇了一下头说，"我才不去呢。"

"他一个人没法搓背。"天灶知道母亲等待他的鼓励，"到时他会一天就把新背心穿脏了。"

母亲嘟囔了一句"真是前世欠他的"，然后甜蜜地叹口气，丢下衣服进了"浴室"。天灶先是听见母亲的一阵埋怨声，接着便是由冷转暖的嗔怪，最后则是低低的软语了。后来软语也消去，只有清脆的撩水声传来，这种声音非常动听，使天灶的内心有一种发痒的感觉，他就势把一块木板垫在屁股底下，抱着头打起盹来。他在要进入梦乡的时候听见自己的清水在锅里引吭高歌，而他的脑海中则浮现着粉红色的云霓。天灶不知不觉睡着了。他在梦中看见了

空色林澡屋

一条金光灿灿的龙，它在银河畔洗浴。这条龙很调皮，它常常用尾去拍银河的水，溅起一阵灿烂的水花。后来这龙大约把尾拍在了天灶的头上，他觉得头疼，当他睁开眼睛时，发觉自己磕在了灶台上。锅里的水早已沸了，水蒸气袅袅弥漫着。父母还没有出来，天灶不明白搓个背怎么会花这么长时间。他刚要起身去催促一下，突然发现一股极细的水流悄无声息地朝他蛇形游来。他寻着它逆流而上，发现它的源头在"浴室"。有一种温柔的呢喃声细雨一样隐约传来。父母一定是同在澡盆中，才会使水膨胀而外溢。水依然汩汩顺着门缝宁静地流着，天灶听见了揽水的声音，同时也听到了铁质澡盆被碰撞后间或发出的震颤声，天灶便红了脸，连忙穿上棉袄推开门到户外去望天。

夜深深的了。头顶的星星离他仿佛越来越远了。天灶大口大口地呼吸着寒冷的空气，因为他怕体内不断升腾的热气会把他烧焦。他很想哼一首儿歌，可他一首歌词也回忆不起来，又没有天云那样的禀赋可以随意编词。天灶便哼儿歌的旋律，一边哼一边在院子中旋转着，寂静的夜使旋律变得格外动人，真仿佛是天籁之音环绕着他。天灶突然间被自己感动了，他从来没有体会过自己的声音是如此美妙。他为此几乎要落泪了。这时屋门"吱扭"一声响了，跟着响起的是母亲喜悦的声音："天灶，该你洗了！"

天灶发现父母面色红润，他们的眼神既幸福又羞怯，好像猫刚刚偷吃了美食，有些愧对主人一样。他们不敢看天灶，只是很殷勤地帮助天灶把脏水倒了，然后又清洗干净了澡盆，把清水一瓢瓢地倾倒在澡盆中。

天灶关上屋门，他脱光了衣服之后，把灯关掉了。他蹑手蹑脚地赤脚走到窗前，轻轻拉开窗帘，然后反身慢慢地进入澡盆。他先进入双足，热水使他激灵了一下，但他很快适应了，他随之慢慢地屈腿坐下，感受着清水在他的胸腹间柔曼地滑过的温存滋味。天灶的头搭在澡盆上方，他能看见窗外的浓浓夜色，能看见这夜色中经久不息的星星。他感觉那星星已经穿过茫茫黑暗飞进他的窗口，落入澡盆中，就像课文中所学过的淡黄色的皂角花一样散发着清香气息，预备着为他除去一年的风尘。天灶觉得这盆清水真是好极了，他从未有过的舒展和畅快。他不再讨厌即将朝他走来的年了，他想除夕夜的时候，他一定要穿着崭新的衣裳，亲手点亮那对红灯笼。还有，再见到肖大伟的时候，他要告诉他，我天灶是用清水洗的澡，而且，星光还特意化成皂角花洒落在了我的那盆清水中了呢。

像泥霞池这样的地方

七年前,我装修新居时,认识了一个少年。他来自外县,是一家门窗厂的工人,十八九岁,跟着他的师傅,在哈尔滨做安装。他姓王,大家都叫他小王。他也真是够"小"的,圆脸上看不到一丝皱纹,毛茸茸的小胡子,和善而天真的大眼睛,嘴唇微微翘起,一副对万事万物都感兴趣的模样。他不像其他工人厌弃劳动,干活时一脸的不开心。小王来我家三天,都是高高兴兴的。他干活时,总是情不自禁地打口哨。

小王的师傅悄悄对我说,他徒弟的手艺并不好,有时给客户安门框,会安歪斜了,返工的事情不止发生一次了,但他喜欢和小王一组干活,因为这孩子性情好,整天欢欢喜喜的,好像没愁事。

每到正午,我会去超市买了各色包子,和工人们一起吃午饭。我备了桶装的高粱烧酒,让他们每人喝点,解解乏。那些做体力活的男人,几乎没有不爱酒的。小王本来话就多,喝上酒后,更是什么都讲了。他告诉我,为了省钱,他们在哈尔滨,晚上不能住旅店,只能住浴池。因为浴池的木板通铺便宜,一宿十块,而且那里还免费为客人洗衣服。如果洗澡呢,只收他们一半的价钱。已多年不进公共浴池的我,并不知晓如今的浴池还兼做旅店。小王对我说,这样的浴池,哈尔滨火车站附近就有好几家。我向他打听,住在那里的都是些什么人?小王对我说,有来哈尔滨看病的,有像他们这样干体力活的,还有常年上访告状的。最多的,是南方那些春播完、来北方打工的农民。他们像候鸟一样,大雁南飞了,就会离开哈尔滨,回去秋收。他说大家住在一起很有意思,南腔北调的,他每天晚上都像在听戏。

小王的师傅对我说,住浴池虽然便宜,方便,但也尴尬。因为晚上的时候,浴池的按摩女兼做皮肉生意。她们也不背着人,就在浴池搓澡的躺椅上买卖,睡在板铺上的人听得清清楚楚。小王听他师傅这么说,涨红了脸,打断

他的话,不让他继续这等话题,并高叫了一声:"埋汰!"

小王讲的浴池的故事,给我留下的印象太深了。装修的间隙,我去了火车站附近靠近海城街的一家私人浴池,那里确如小王所言,夜晚兼做旅店。白天的时候,通铺是没人的,只有软塌塌的行李堆在铺上。到了傍晚,住客才陆陆续续回来。而这样的地方,为了招徕生意,的确免费为住客洗衣服。你一进院子,就会看见晒衣绳上挂着一溜儿衣服。

小王和他师傅,做完我家的活儿后,就从我的视野中消失了。可是他们的影子,却没有消失。他们进入了我的"文学记忆",成为一笔素材,记录在我的笔记本上。每当我翻开素材本的时候,一看到关于小王的这一段,就有一股冲动,想写写那样的浴池,可是始终找不到一个"突破口"。

去年,我看到一篇报道,说是如今少年犯在逐年增加,他们犯罪的原因,有的是家庭的因素,比如父母离异,或是因家里过于贫穷而铤而走险;也有社会的因素,比如接触了混迹于市井间的不良人物,社会渣滓等等,渐渐被拉下水。很奇怪,这篇文章立刻让我联想起小王,想起住在浴池的他,如今他是否还做安装工?他会不会在那样的地方走上犯罪的道路呢？

在开始一部长篇写作之前，我花了近一个月的时间，写出了《泥霞池》。其实愿望也比较简单，我想探究一个少年犯罪的社会根源。在这里，记忆中的小王化成了陈东，而传说中的洗衣妇成了小暖。如果男性读者把更多的同情给予了小暖，而女性读者把更多的同情给予了陈东，我都会很高兴，因为只有善良的人，才会更多地同情异性的不幸。这部中篇，也是我放置时间最久的作品。直到长篇初稿完成，我才把它拿出来，细致地改了两稿。我不敢说对它有多满意，但我尽力了，而且表达了想要表达的。除了故事本身，我更想让读者知道，在我们的生活中，有泥霞池这样的地方。

2010 年 4 月　香港